雨在他们的讲述中

格风 著

THE RAIN
IN
THEIR TALES

江苏凤凰文艺出版社

图书在版编目（CIP）数据

雨在他们的讲述中 / 格风著. —南京：江苏凤凰文艺出版社，2022.2（2022.8重印）
ISBN 978-7-5594-6614-3

Ⅰ. ①雨… Ⅱ. ①格… Ⅲ. ①诗集-中国-当代 Ⅳ. ①I227

中国版本图书馆CIP数据核字(2022)第023269号

雨在他们的讲述中
格风 著

出 版 人	张在健
责任编辑	李　黎
特约编辑	郭　幸
装帧设计	薛顾璨
责任印制	刘　巍
出版发行	江苏凤凰文艺出版社
	南京市中央路165号，邮编：210009
网　　址	http://www.jswenyi.com
印　　刷	江苏凤凰新华印务集团有限公司
开　　本	850毫米×1168毫米　1/32
印　　张	13.875
字　　数	152千字
版　　次	2022年2月第1版
印　　次	2022年8月第2次印刷
书　　号	ISBN 978-7-5594-6614-3
定　　价	59.00元

江苏凤凰文艺版图书凡印刷、装订错误，可向出版社调换，联系电话 025-83280257

目 录

辑一　谁在@所有人

随机波动 / 3

海鸥 / 4

在高处 / 6

十朝公园 / 8

隐匿的诗人 / 10

有萤火虫的夜晚 / 12

黄梅天 / 13

蟋蟀 / 15

貔貅 / 17

琴房 / 19

在江心洲喝茶 / 21

繁花 / 23

雨在他们的讲述中 / 25

星期五晚上 / 27

天亮之前 / 29

平安夜 / 31

在比战争更遥远的地方 / 33

我们在看同一部电影 / 36

黍稷与石碑 / 38

雪夜重读水浒 / 40

西南古镇 / 41

父亲节 / 43

父亲 / 45

窑湾 / 47

海滨墓园 / 49

太平南路 / 51

可是 / 52

降温 / 54

在大雄宝殿读诗 / 56

大雪 / 58

南方高速 / 60

火车的声音 / 62

向爬墙虎学习风景描写 / 64

记忆 / 66

静音模式 / 67

飞蛾 / 69

很黑 / 71

我知道她们耳朵里住着另一个人 / 73

饭局 / 75

辑二　北河身体剧场

春天 / 83

五月花 / 85

会飞的露天金矿 / 87

麦苗高过头顶 / 90

钢丝球有一颗纠结的心 / 93

请女人猜谜 / 95

北河身体剧场 / 98

猫从我们谈话中跨过去 / 100

阅读 / 102

音乐剧 / 104

没有人替我看到 / 107

心绪不宁 / 110

苹果 / 112

失眠 / 114

过山车无法克制的语言 / 116

北京西路的银杏树 / 118

童卫路上的吆喝 / 120

长江大桥 / 122

东方饭店 / 124

人物 / 126

腊月 / 128

过年 / 130

大雪 / 133

下雪是我工作的一部分 / 135

不是每个人都能看到这场雪 / 136

卡车司机 / 138

敌人 / 140

劳动 / 142

防空警报 / 144

诗歌的日常化 / 145

礼物 / 147

阳台 / 149

星期天 / 151

冬天 / 153

辑三　让一部分鸟鸣参与记忆

一月的诗歌旅行 / 157

永兴岛 / 159

天涯字句 / 162

万泉河水清又清 / 165

坡村 / 166

博鳌码头 / 168

玫瑰夫人 / 170

东七时区 / 172

人间草木 / 174

让一部分鸟鸣参与记忆 / 176

烈酒 / 178

黄河故道 / 180

尤其是貂蝉 / 182

短歌 / 183

夜鸟 / 184

虞美人 / 185

我要去羊山湖做什么 / 187

在玄武湖跑步 / 189

亮灯仪式 / 192

槟城 / 194

在巴雅岛潜水 / 197

安达曼 / 199

热带雨林 / 201

两个落叶缤纷的滥人 / 203

辑四 新闻学的周边地带

暗物质 / 207

新闻学的周边地带 / 209

大象 / 211

蚂蚁 / 213

火药洲路 / 215

上半夜发生的事情 / 217

说起他们 / 218

物联网小学 / 220

二维码 / 222

安检 / 224

无眠 / 225

安静下来的人 / 227

结冰的时候 / 229

述职 / 230

压力测试 / 231

因为所以 / 233

今晚六点下雪 / 235

庚子年 / 237

今天的雪 / 239

惊蛰 / 240

幸福沙洲 / 242

梦都大街 / 244

辑五　夜晚露天咖啡馆

夜晚露天咖啡馆 / 251

过街列车 / 253

冬至 / 256

强有力的事物 / 258

就说钢琴是如何被春天惊醒的 / 260

我们的手指春暖花开 / 262

人面桃花 / 264

那些镀金的句子 / 266

温比亚 / 268

六朝皇宫 / 270

落地窗外的新街口 / 272

中山南路 / 274

什么样的姿势是最舒服的 / 275

虚无的力量 / 277

在甲板上 / 279

齐腰深的下半夜 / 281

你的名字 / 283

尤其是端午节 / 285

故土 / 287

废黄河 / 289

卖花姑娘 / 290

失重 / 292

障碍 / 294

大海与空枪 / 295

大雪的日子 / 301

辑六 膝盖以下的反光

春天 / 307

想起你 / 309

鱼腥草的味道 / 310

窒息 / 312

马群 / 314

上海 / 315

涠洲岛上 / 316

连线 / 319

星期一 / 321

上午的一些想法 / 322

春风杨柳 / 324

正月 / 325

桃花雪 / 327

雨花台 / 328

白发返青 / 329

我所赞美的事物 / 331

数药 / 332

她们几个 / 333

粤语歌曲 / 335

谷雨 / 336

立夏 / 338

七月 / 340

八月 / 341

九月 / 342

天空美术馆 / 344

鸟在阳光中绕毛线 / 345

叶辉的房子 / 346

放羊的孩子 / 348

问刘十九 / 349

送别 / 351

说再见 / 353

伟大时刻 / 354

读首诗再睡觉 / 355

八声甘州 / 358

辑七 和父亲说话的人

己亥年 / 363

己亥春节纪事 / 364

初春 / 367

和父亲说话的人 / 369

赵五娘 / 375

挂故事的钉子 / 377

从反方向抵达 / 379

辑八　九十年代

九十年代 / 383

黑伞 / 385

中国文化 / 387

屋里的猫头鹰 / 389

红葡萄藤 / 391

意义 / 394

高原上 / 396

瞬间 / 398

南京 / 399

光线 / 400

七月的最后一天 / 402

蓝字已经很陌生了 / 404

音乐 / 406

记住我 / 408

玫瑰之名 / 410

涂满星光的嘴唇 / 412

现在 / 414

箴言 / 415

焚烧 / 417

电梯上 / 420

白铁皮上的舞蹈 / 422

你只是坐着睡了个好觉（代后记） / 427

辑一　谁在@所有人

随机波动

一个上午
也没搞清楚
你们说的老虎
是什么意思
但老虎多么美丽
草地上嗡嗡作响的
割草机也一样
因为老虎参与我们的生活
让我知道了她们的厉害
她们的另一面
不为人知的一面
出现在玻璃反光中

2021.5.24

海鸥

我见过最多的海鸥
是在青岛
那时并不知道
不确定看到的青灰色大鸟
是不是海鸥
现在知道了
海鸥就是海鸥
它们低飞,悲鸣
大海起伏
水花溅到脸上
凉凉的
以为下雨
真的要下雨了

我从青岛坐轮渡到黄岛

去赶一班小火车

正有一群海鸟飞过

白色翅膀下

湿漉漉的码头

有点飘忽

我问朝我走过来的

白衣女子

这是什么鸟

她说海鸥

我不确定她是否

看了我一眼

然后转身

在人群中消失

     2021.6.14

在高处

在高处俯瞰

玄武湖和火车站

天空的空杯子

无法确定那天晚上

是否有月亮

已经说出的部分决定了

仪式的完成

脱口而出的某物也可能是鲸鱼

它要用有限的一生

回忆下沉年代

鹰翅下的灵魂

失散的同类坠入白云深处

湖泊下面是隧道

有人堵在里面

在路上耽搁了一会儿

稍后将出现在我现在的位置

人物的出场方式和顺序

高台。露天

时间静止

而旅程惊心动魄

      2021.6.5

十朝公园

新年第三天

枯枝与树影阴晴不定

说明今天有风

天气不如前两天

前两天跨年

阳光明媚如新年献词

十座高耸的

白色石柱站在路边

长长的阴影

仿佛十个朝代的

任何一天

很快与夜色

融为一体

看不见的蛇

在草丛中爬行

     2021.1.3

隐匿的诗人

五月的雷声
天空拖着拉杆箱的声音
仿佛一场巡演

那些乐队,倒伏的庄稼和树木
一整夜
我都在担心
海面上滚动的石头

和幽灵。一些乐器
倒挂在天空
回不去的夜店

让我想到

隐匿的诗人

三只外逃的金钱豹

                2021.5.16

有萤火虫的夜晚

我想说说下午

发生了什么

在出租车上

甚至我已经睡着了

梦见和你一起路过军区总院

睁开眼果然是

这让我感到羞愧

好像有什么秘密瞒着你

被萤火虫看见

2021.6.27

黄梅天

进入六月，小区里有一种鸟

没日没夜地哀号

上午只叫了一两声

以为又来了

雨中的万千思绪

混合着杀虫剂和水蜜桃的味道

好像有人在拔它的羽毛

什么样的飞禽

可以左右人类的内心

时隐时现的钉子

在雨水中凝视

偶尔还能听到别的鸟

回应它的叫声

让听到的人

觉得自己活得还不错

      2020. 6. 10

蟋蟀

蟋蟀并不知道

它在我们的谈话中是什么

那些精致的身体和笼子

扇动翅膀的声音

所有隐藏的碎片都飞向空中

而无人察觉

蟋蟀就是蟋蟀

空气中的无人机

高于一朵浮云漂移的蓝色水池

而略低于夏日虫鸣

一粒草芥的芒刺刺穿了

露水的啜饮

如此晦涩的语言

走过我们身边
长长的天线
从脑洞里拎出来
追踪与遥控外星人
此刻的飞行
它们并不知道
涂抹星光的嘴唇
是草莓味的
人类杂草丛生的念头
在夜晚的方向
交换舌头
其中有一个
是天蝎座的

                                    2019.6.9

貔貅

貔貅在做梦。皇帝在下棋
他的西洋画师
听不懂他说的神兽
是什么意思。神情肃穆的侍卫官
如同废墟
四周的光变幻着
投下任何一个时代的阴影
任何一个时代的书写者
分不清是别人
还是自己的穷途末路
在城墙上走来走去
吴宫花草埋在一堆旧书里
桌面上的镇纸

抬起头看见

和它一模一样的

庞然大物

停在中山门外

出城扫墓的人经过环岛

知道它是辟邪

但想不起来

它的名字

它硕大的臀部

不可直视的反光

强烈，刺激

坐南朝北

北面是中山陵

再向北

是更遥远的

灰蒙蒙的北

穿过一列火车的尖叫

2020.4.25

琴房

石头老去,在细微处听到琴声
分不清是巴赫
还是海豚
配合悬崖上
如此陡峭的光亮

锈蚀的窗棂
潮起汐落的声音
守着他的孤岛
火山岩孤独的琴房
一双打不开琴盖的手
重复着同样的动作

在他背光的侧面
木结构的枪架
可以摆放十支半自动步枪
现在仅剩下一支

没有人知道
这些枪的来历
以及钢琴的典故

2021.2.17

在江心洲喝茶

很多年前说起过的靶场

人迹罕至的爱情

在江心洲你虚构的水域

一大早就听到了蛙鸣和鸟叫

灰白色雾气中的聒噪

突然静穆无语

仿佛触犯了六月的禁忌

在太平南路与游府西街交岔口

我们喝茶的地方

蓝色玻璃窗外的钟声

每次路过都会听到

江水拍打我左脸的声音

每次见都会遇到同样的问题

隔着一条街。现在没了
我是说抒情与叙事
曾经有过的不确定性
消失在江心洲
还是人潮涌动的新街口
遥远记忆中的
一声枪响
头像上的半边脸
正从淮安赶来。

        2018.6.8

繁花

五月的花,院子很大
深居简出的园艺师,服从于门禁和快递
带来短暂的眩晕。也许是刚刚睡醒
贴窗而立的乳房
庭院很深。但中间仍是空的
中间是青藤和苦瓜
垂下水中的空楼梯
有栅栏的地方必有猛虎和蔷薇
无边弥漫的气息
打开身体里的灌木篱笆
大黄蜂细小的嘴唇
无法识别池塘
香樟和窗,玻璃的反光

窗里窗外看风景的人

偶尔路过也会想起

泥土中的孩子

康普生的家

"透过栅栏看见他们在打球

在草丛里找东西"

猝不及防的忧伤

野草一样蔓延

      2018.5.2

雨在他们的讲述中

一棵树
寂然无声
在客厅里开花
仿佛在别处

多刺的花朵
从夜晚的时间中
分离出来
亲人们围着它
讲述各自经历的生活

突然有雨落下

雨在他们的讲述中

散发奇异的花香

>2012.5.11

星期五晚上

一般来说
我们并不知道
某个著名朋友的饭局
会有一些什么人
自带酒水
和女孩,不同颜色的头发
狮子、老虎,出现在红山动物园一带

那里很不好找
桥下的乱石,流水
寂静中听到火车的声音
已经走了很远

白天的蓝桥

晚上张着红色大嘴

      2021.5.28

天亮之前

我很累,需要抽支烟
缓解一下,这样我就出现在水池边
这里每个人
都美若天仙
她们的身份吓死人
包括小易,天亮之前
给我看她房间里的物件
她收藏的竹简
有福尔马林的味道
对于皇家采石厂
老虎这件事
她们有自己的看法
亲戚们的意见

也是超乎想象
雨中杜鹃鸟的啼鸣
帮我打开
一个崭新世界

2021.5.22

平安夜

需要确认的事物

扑朔迷离

昨夜炸桥时死了多少人

牵往马槽饮水的马经过我们身边

同样无从确认

马是战马。一颗子弹

穿过它的左眼

也许是右眼

炸裂的轮胎在燃烧

停战区灰色的帐篷和脚印

一些走失的词

在雪地上

在树篱后面

直到子弹落下
他的中国翻译
带走了他的
全部战时诗稿中
最晦涩的部分

      2019.12.24

在比战争更遥远的地方

下雪的时候。我在他们口述实录中

在比战争更遥远的地方

看见轻机枪的枪口

从黑色树篱间伸出来

我在雪地上回忆

并确认自己

和他们相同的遭遇

不同的是我已不再是我

但如果不是我

我会是谁

服从于炮火

凿沉所有的船

意味着谁也过不了江

包括长官，码头上
下死命令的人
城北一带的房子都拆光了
水上漂浮的房梁
尸体和硝烟
老式缝纫机一样
哒哒哒的扫射
枪声滞留在空气中
刮擦着雪花
闪闪发光
"总之这是一场真正的战争"
出现在世界的尽头
时间的尽头
天亮之后
当我神志清醒过来
还是不能确定
自己是活着
还是死过一次
再死一次

每一次死亡

都有人踩着老式缝纫机

需要重新缝合

第一次死亡

无限接近

生者的命运

                2019.12.18

我们在看同一部电影

古人在上游读诗

让我知道他们活着

出现在镜头中

我们在看同一部电影

关于消逝的事物

神灵与众生

在黑暗中凝视

相互辨认

有人在座位上清嗓子

熟悉的爆破音

堵在喉咙里

想咳出来，又很克制

窗外就是秦淮河

掬一捧水

可以看见月亮

但今晚不会有月亮

风吹过菩萨的脸

雪飘下来

填满回忆者的空镜头

      2020. 10. 25

黍稷与石碑

我喜欢上午的阳光

十二月下半月

匕首一样的光明

亮出古老地图虚构的舌苔

而与荆轲无关

说书人以一种神秘方式坐在世上

也许就坐在我们中间

耳朵里的各省

襄阳，潼关

失守的街亭

只有通过

上午的阳光

才能看见

黍稷与石碑

"彼黍离离

中心摇曳"

     2020.12.22

雪夜重读水浒

雪落梁山水泊

看不见雪

看不见时间的羽毛

穿过一支响箭

书中的好汉

手起刀落

无影无踪

2020.12.14

西南古镇

要把自己活成传奇
在天井里喝茶,看云
风淡云轻
时光中的鲸鱼
露出洁白的牙齿

有人拎着刀
踩着竹梢,自成都来

他不是李安。在总兵府门前
收到一条短信
神隐的人
滞留在西南古镇

古老法器的引磬声中

貌似小萝莉的男孩
来到腾冲机场

后山的竹林
无风而哗哗作响

2018.3.24

父亲节

准备了一部美剧

准备看片时对父亲说一声

父亲节快乐

父亲在阳台上抽烟

有大幕徐徐拉开的舞台效果

实际上是在关窗

窗帘拉到还剩一条缝隙

父亲说不看了

很长一截烟灰落下来

像有什么事情被忽视了

客厅里庞大的飞行

悬停与降落

窗前狭长地带的光影

坐在父亲的位置上

一言不发

        2018.6.17

父亲

洗碗的时候,我听见西皮流水
多么熟悉的声音
父亲走出石拱桥下的阴影
看上去比我现在年轻

洗碗的时候,北京正在开会
同时听到流水的声音,讲话的声音
人民对美好生活的向往
在碗沿上喧哗

洗碗的时候,冲击我手指的
两种水流,来自同一条河的上游
时间哗哗流淌

洗碗的时候

我就回到了父亲的样子

而父亲从未给我们洗过碗

                        2017.11.25

窑湾

残妆未卸的青衣花旦

突然怀念古老唱腔中的仓皇年代

战争经过的地方

必须连夜过河

必须在天亮前赶到窑湾

找到他们的龙袍

戏班子，武器和船

薄雾中的赵先生

霸王和虞美人

在水边说话

声音压得很低

我不可能知道他们

在说些什么

但我知道战争的节奏

就藏在他们的锣鼓家什里

水中的月亮

咣当一声

一只铜锣沉到水底

       2018.5.16

海滨墓园

革命者的墓园坐南朝北

石头像石头一样

站在路边

我每次路过

都会想起

问路的外省青年

他刚从392级台阶上下来

向左向右两个不同方向人来人往

走过来的人说下面是海

里面是空的

石头也是空的

渐行渐远的背影

字迹模糊

凝望他的人

还像石头一样

站在路边

      2019.3.15

太平南路

而点开标题
内容已被屏蔽
剩下的,到老吴的
一首诗为止
老吴的诗在诗外
在泰州、淮安一带
他让春天短暂
时光倒流,窗台上的花朵
盛开在女人的梦里
无心睡眠的人
半夜爬起来
听到沉入江底的
铁锁的声音

2021.3.8

可是

我喜欢听人说可是
语气里一个雾蒙蒙的人
灰头发
破洞牛仔裤
从桉树上下来
积水中有她的身影
她的反光
每一个可是
都有它的前世
和今生。当她说可是
我们坐在雨中
其实是坐在明孝陵神道旁边
咖啡馆的廊柱下

和坐在雨中没什么两样

她说可是

不知道接下来

会发生什么

      2020.6.28

降温

一代人老去

像一阵风

外面的风很大

在太平北路

与长江路交叉口

和我相反方向

的上班路上

一个熟悉的身影

匆匆赶路

我摇下车窗

冲着斑马线上

雪白的头发喊

老孙老孙

回头的

都不是老孙

      2021.2.23

在大雄宝殿读诗

雪落长芦禅寺。说出这句话的时候

我在大雄宝殿读诗

外面阳光灿烂

为什么会下雪

但如果不是雪

那是什么飘过来

落在我手中的句子上

"菩提本无树,明镜亦非台。

本来无一物,何处惹尘埃。"

我在最后一排

像师父那样打坐

诵读与聆听。几乎听不见的

六祖惠能的呼吸

通过他眼中的余光

我看见僧尼

诗歌的后脑勺

跌宕起伏的内心

寺外的尘埃，两股白烟

自江边垂直下来

江水的声音

加深了佛门清静

我从薄薄一本小册子里

翻到赵雪松的落叶

读的时候发现

诗中有许多老师

离开禅寺，我和黄梵、小曼

马铃薯兄弟双手合十

车顶上落下薄薄一层灰烬

2019.6.3

大雪

我吃光了这个冬天所有的橙子
才迎来今天一场大雪
这白色的窗帘
需要一床干净的棉被来爱你
覆盖你内心的崩溃
据说这场雪和冥王星运转轨迹有关
那么多头颅
那么多白狐跌宕起伏
那么多封闭而空洞的夜晚
所有的碎片都飞向空中
全世界都知道的秘密
只有你不知道
雪能做到的

就是帮我回忆起

汉口路一带的钥匙

从天而降

       2019.1.9

南方高速

音乐起,开始哭
高速路上的羊群
后视镜里的脸
刀子一样哭泣

刀子一样告别
当然是个比喻

自以为走了很远
其实还在原地
在哪里,刀子也不会哭泣

任何一种忧伤

刀子都不会动心

除了愤怒。但愤怒
也不能让刀口
握住生活的手

生活在原地
刀子在别处

任何一种速度也不能改变
沉睡的刀刃
日复一日的奇迹

生活在后辙
而刀子在赶路

                          2020.4.14

火车的声音

火车鸣笛的方向
小汤山一带的天空星光闪烁
分离出岛屿和钻戒
近旁的树木
还在它的最深处

孕育新的清晨。火车的声音
明显区别于鸡鸣和鸟叫
也区别于上个月
西南古镇的屋檐
多雨的黎明

我知道那里的岔道口

仿佛是为了判别一种经验

一条铁轨穿过我记忆中的水稻田

又一次提速,尖叫

仿佛有话要说

仿佛不是我,是一个替身

或阳台的一部分

坐在天亮前的寂静中

      2017.11.1

向爬墙虎学习风景描写

向八哥学说人话

向爬墙虎学习风景描写

向下午的阳光

学习雨过天晴

给绿草坪上的合影镶嵌金边

又到了毕业季

台风玛丽亚的手伸过来

刚刚签收的快递

来自鹿港小镇

水边的白裙子

白玉兰的双肩包带来吸管

中午来不及打开的

直接戳进去

这个季节

还没活过来的

是真没指望活了

2018.5.31

记忆

很多时候我们在外面转悠

把鼻子和脸送上去

送到半人高

也许是更高处

交叉小径的花园

可能什么味道也闻不到

但是当你离开

消失在街角

一棵矮树的记忆中

挥之不去的

正是桂花的香味

2019.11.2

静音模式

不满意这样的坏天气
一早就看到绿色塑料袋在阳台上飘
那是昨天晚上
两条咸鱼拎回来的

不记得某一次
因为什么
把自己调成了静音模式
再也懒得打开

有些句子是在什么样的情况下
穿过低矮的灌木

看见你屋子里的烛光

人影憧憧

> 2019.1.3

飞蛾

上午很轻。是灵魂出窍的那种轻
如纸片,纸上的文字
无风而上下翻飞
你很难准确地
捕捉到其中任何一只

我是说飞蛾
上午的不确定性
在纷至沓来的消息中
被它带走的
碎片一样的日子
阴霾的日子

遮住了两条铁路线中间的车站
隐含在窗口的
浮云和大象
分量很重,又很轻
飞蛾一样消失

因为暴雨将至
我必须走出这间屋子

      2019.5.16

很黑

夜深人静。我们和谁在一起
和先知,和寓言
和难以置信的你
和监狱看守在一起

和死去的,活着的
受虐狂,被迫害妄想症
刚刚分手的
折翼天使在一起
你和多少人在一起

在天堂,在炼狱
在人生的中途,和但丁在一起

在别处,在原地,在梦中
和自己的手一起

在云端,在路上
在试衣间,和你纯洁的肉
和你洁白展开中的
最深的黑在一起

和种子的尖叫在一起

2018.3.3

我知道她们耳朵里住着另一个人

谈论美好生活的时候

我在南农大跑步

树木和鸟群之间的蓝色水池

她们奔腾的身体

把声音压到最低

我还是听到了

操场上的钟声

有一种神秘的力量

那么多美丽的形体

迎面袭来

或转身离开

没一个和你有关

没一个是你可以动一下的
我知道她们耳机里
住着另一个人
另一只耳朵
在世界任何一个角落

      2017.11.26

饭局

从 G34 误点开始的饭局
需要两次改签,才能化装成一只牧羊犬
混进狼群

的确昨夜我数过羊
数着数着数成了一群狼
披着毛毯
四肢修长的狼爪下的
东单西单,长安街上浩浩荡荡
各赶各的饭局

现在我就坐在他对面
北四环的流水席

一部类型片

各路大神

卖情报的也可能是写诗

煤老板其实是搞出版的

身份并不复杂

复杂一些的是要员和演员

他们是替身和替身的关系

也就是说某同志

是从某个著名的脸上抠出来的

可以招之即来

挥之即去。但他们各有各的情报源

可以各自打探消息

各赶各的饭局

醉了,也就是酒没了

酒瓶还在

假如瓶子也没了

一定有个脑袋

不在手术室

就在赶往军机处的路上

路上很堵。都是来交换情报的
我突然怀疑起自己的身份
我是谁的黑桃 K。反过来说
谁是我的梅花 A

谁是月亮上喂鸟的人
笼子四周贴满纸条
两只手死死地缠在一起
他们在谈条件
我看见深渊
在一匹马的眼睛里
被自己的想象左右着
悬崖上的钉子
突然松动

突然松开的手
突然炸裂的剧情

快速反转。底下是一场噩梦
一脚踏空的
一个惊险的比喻
挂在树上
像传说中的 XX 年代
背景和女一号
推倒重来

接下来的饭局
先到的围着日本料理
开始杀人
女巫死了，医生死了，狙击手也死了
局座还没到

天亮了
黄色的雾在玻璃窗上擦着它的背脊
隔开一座据说可以折叠的
看不见的城市
你手里的最后的底牌

还有意义吗

你们的群主失联了
谁在@所有人

                        2016.4.23

辑二　北河身体剧场

春天

暗香浮动。口音太重
我是说春天

春天。不说话还好
一开口就到了云南，西双版纳
漫山遍野
无法克制的语言

不在别处。就在天亮前的梅花山
他们吵吵嚷嚷
经过南农大樱花大道
我家隔壁

最远不过高淳

油菜花地。春天

是花你就开。是诗

你就站在原地。先别说话

> 2018.2.27

五月花

五月,岸上有花,花香四溢
但我叫不出它们的名字
我在七里河边
用手机识别每一朵花
每一种植物
报出你的名字
就能听到花开的声音
如潮水,抵达胸口
什么样的植物
带着五月泥土的芬芳
五月的深情,雨水和阳光
被你连根拔起
在你打电话的地方

我拍到一些照片
什么样的软件
识别我内心的花朵
像你一样
时间深处的火焰

      2019.5.4

会飞的露天金矿

一个人化身蝴蝶
抑或蝴蝶梦见庄生和爱情
很轻。像一条语音留言,在天上飞
要让很多人看见你的脸
你的油菜花地
国境线只在自己的身体里
也是罗密欧与朱丽叶
梁山伯与祝英台都有过的一个梦
一次性经验
一种高难度动作
一些人包括我
练习了几十年也飞不起来
他们是如何做到的

我又想起了

雪花飞舞的那天早晨

但是不记得前一个梦里有什么

我的意思是像庄子一样

像蝴蝶一样飞翔

是一回事；一个梦展开一条街道

一面玻璃幕墙

一头撞上去是另一回事

另一个梦。一堵墙的想象力到底多少乘多少

大大超出了庄子、莎士比亚

和口语诗人的想象

蝴蝶的想象

尤其是它们被制作成标本

挂在墙上

始终保持飞的姿势

凝视它的人抱着纤细的胳膊

突然哼起了隐形的翅膀

那些翅膀

又该如何表达它对春天的怀念

它有自己的语言

会说话的油菜花地

那是一片会飞的

露天金矿

2018.4.5 清明

麦苗高过头顶

零点过后的一张脸

反复出现。从走廊到厨房

转身。背对着食物

和音乐。一壶白开水

咕嘟咕嘟的

响彻整个房间

整个北方

反复无常的天气

错误的时间

错误的地标上的上帝的手指

命运中静止的一刻

鸽子被冻结在钟声里

为什么不是今天

春暖花开的一天

现在我每天都在还债

用今天还昨天

昨天还前天

前天还去年——

去年十二月的下半月

我在北方。挎包里揣着南方

我用南方还北方

我所做的一切

仿佛都是怀念

樱花刚谢

桃花就开到了我的床前

应该是窗前

窗外。更远的地方

我和春天

永远隔着几秒钟

也许是几十年
错误的输入法
错误的春暖花开的一天
麦苗高过头顶。

      2018.4.1

钢丝球有一颗纠结的心

四月是最残忍的月份

手里抓着钢丝球

刚躺下梦见草生长

而厨房漂移

一口黑色的大铁锅

在清洗中触摸北方的空旷

北方抽象的铁律

我好像听到了雷声

遥远记忆中的球状闪电

来自烟囱和传说

钢丝球的想法

有一颗纠结的心

它硬是把铁锅刷醒

眼睛外面是被捅破的

正在下雨的黎明

                              2018.4.3

请女人猜谜

大雾生成自安徽与江苏交界处
她在他们的关系中险象环生
一个人与一场车祸
一个连续的片段
很多年后回放,龙虾是多么危险的比喻
在宜兴回南京的路上
后视镜里的脸,突然逼近
蓝色涂鸦奔跑的姿势
"活着是一场意外
也不排除死于知道的太多"
比如坏天气,树心旁的缺席
谁是谁的白手套
知道得太多

又知道些什么

剧情之外,随身携带的药物

几个关键人物

一张旧船票

如同灯谜,在雨中亮着

有时白天也亮着

她的御花园

一支口红,回到镜子里

目光坚毅,而嘴角松弛

镜面上的日期,意味着

怎样一只手,曾经涂抹

面目模糊的记忆

那些悬而未决的激情

往事与台词。头在何处

是二十年前或

二十年后

今天也无法参透的谜底

她很伤心。更确切地说

是她缺席于遗忘

整整一个晚上

唱了二十遍同一首老歌

2018.4.27

北河身体剧场

这里每一只鞋

每一双脚的秘密行走

进来或离开

都在认领他们的眼睛

有人领来星星

领走爱情

领来远方的

领走诗

和假肢的不确定性

收藏迷雾的人

领来秋天

领走这里的黑胶唱片

旧首都的幻听

领来叛徒

领走了仇人的女儿

打不开的

路灯的心情

我的鞋

决定先走一步

带走带得走的语言

带不走的

一首诗的身体

留在北河剧场

2018.11.10

猫从我们谈话中跨过去

昨天还是前天

猫从我们谈话中跨过去

一些事物的偶然性

从时间中分离出来

我们在说一种杂志

男人和女人

骗子一样可爱的

理想主义的打开方式

正要打开,猫从窗台上下来

跨过我们的红茶

天空暗了一下

你接着说

我在南农大跑步

跳远的时候

总是压到沙坑前的黄线

      2018.4.29

阅读

走得太近,以至走进了
今晚的月亮
她的身体叙事

煲汤。翻译。开门释放人质
秋天的甘蔗林
废弃的铁轨与火车
经过那里
你会遇见自己
潮水的声音很轻

如果你愿意
也可以说它是

一个人的阅读史

空无一人的游泳池

      2019.11.3

音乐剧

射阳靠海。有一个女孩
为追一只丹顶鹤,死在滩涂上
一个真实的故事
更多的故事
更多难以归类的激情
挺像一首老歌
但并不抒情。八十年代,大船出海
寻找秘密黄金。能活着回来的
全发大财。也有沉迷于幻想
被大潮带走
再也回不来的
纸钱照进现实。照亮身后
不一样的海滨小城

30年前第一次来

惊讶于这里的路边超市

(那时没人叫超市

全称超级市场)

货架上摆放着无人问津的

可口可乐。因为是冬天

外面飘着雪

我们的音乐剧

在当地首演

第二天一场大雪

让剧团滞留下来加演一场

我和团里两个女孩

人手一瓶可乐,冒雪在大街上闲逛

感觉应该有人认出了

走在我左边的女一号阿美

走在我右边的

最好不要认出来

昨晚舞台上

女歌手翻唱苏芮的

《酒干倘卖无》

"没有天哪有地，没有地哪有家

没有家哪有你，没有你哪有我"

根据歌词节奏

伴舞者前倾四十五度甩臂

领舞的，也就是此刻

走在我右边的女孩

因为太瘦，撑不起洁白的长裙

甩左臂时左边的吊带滑落

露出左边的乳房

顺手拎上来

接着甩右臂

右边再次曝光

悲情大戏的高潮部分

突然炸裂

剧场里出奇的安静

2019.2.12

没有人替我看到

没有人替我看到
在书架上,打开又合上
抽出又塞进去的
那些遥远的典故
譬如黑墨镜,几张老照片
泛黄的声音
从指缝中脱落——

我要干一件大事
背后的回声自动跟读
一身冷汗。那个时代的复读机
从徐州站上车
再也没有回来

没有人替我看到

那些熟悉的陌生的脸

在路上。嚼着槟榔

和自己对抗。至少有一两个

签名本的表情

是打电话还是继续寻找

我要找什么呢

记忆中正在下雪

有一个词

已屏蔽多年

为什么会在今夜，提着灯笼

朝我走来

我知道一个人

活不下去的原因很多种

其中一种

一定是因为找不到

他要找的东西

                    2017.12.26

心绪不宁

上午的第三杯咖啡
第五支烟,窗子全部打开
风也吹不进来
客厅里坐着皇帝

没有人知道他的愤怒
一只猫的恐惧
来自锈迹斑斑的铁丝网

几百年前,也许是几千年前的老梗
和你家沙发
茶几、电视机
和老爷子的午餐

是什么关系

没有人知道
那些过江之鲫的
禁忌、敏感、尖锐

心有鱼刺
卡在客厅的喉咙里

      2018.3.5. 惊蛰

苹果

苹果上的牙齿

不是咬一口的问题

是一只苹果

咬住了一个敏感词

一头猛兽。嘎吱嘎吱的声音

克制中的愤怒

每晚睡前的必修课

如同嚼一块玻璃

必须夜色温柔

必须通过一只苹果

识别一颗坏牙

切割坏死的神经

彻底卸载

与疼痛的关联

                2018.3.30

失眠

一根针消失
和无数根针丢进大海有什么区别
无数人丢失了
再也找不回来的记忆
像窗外的雨
下了一夜
母亲,已离开我们多年

闭上眼睛
能看见一束光
在雨点深处
在咆哮的身体里游走
在大海里捞针

大海是平静的

在很深很深的海底

母亲给我缝制一床棉被

在很深很深的海底

我不敢睁开眼睛

2017.10.19

过山车无法克制的语言

秋天的樱花树

在阳光下燃烧

十一月最完美的风暴

最不真实的一部分

在很远的地方

推开门窗

山中的白裙子

伸手就能触摸的白花瓣

坐在轮椅上

睡梦中叶子红了

过山车无法克制的语言

漫山遍野

从春夏到秋冬

      2018.11.24

北京西路的银杏树

北京西路一带

又开始掉头发了

那里的银杏树

庭院,风景和人群

十一月的阳光

匹配于前辈诗人

一杯咖啡的内心戏

北京西路

为他们准备了

丰盛的晚餐和排比句

足够他们

大哭一场的秋风

秋风中的乐器

银杏树卸下整整一条街

整整一个夏天的爱情

擦肩而过和突然转身的

分行排列的脸

停在他们的句子中

整个秋天

也像他们的苦吟

一点点掉光

所有的头发

     2018.11.3

童卫路上的吆喝

不管什么手机都可以换不锈钢脸盆

老鼠笼子,老鼠夹子,蟑螂药

循环播放,感觉是在喊我

和我耳朵里聊天的人

听得清清楚楚

但是听不懂他在说什么

现在我要去新街口

乘地铁二号线至苜蓿园站

有一条捷径,横穿卫岗西老小区

下面就是中山门外

著名的大斜坡

我手机里存了不少照片

下雨,下雪,一年又一年

卖大米的,收旧货的
从他们眼睛里伸出来
自南向北是单位,菜场,药房
从北向南是回家
回家时左边是鼓楼区
右边是秦淮区
其间的尖叫
路过我荒诞的一生

     2018.11.12

长江大桥

五十岁的南京长江大桥重装通车
正在练习跨年。半个世纪循环往复的故事
我正在重读
《约翰·克利斯朵夫》

千禧年也来跨过。
从 1999 跨向 2000 年,
意义非凡的一次跨年。
人们彻夜难眠。
一些人羽绒服里裹着面包和水,
我挎包里揣着一块砖头。

我们在大桥上守望。

"江声浩荡,自屋后上升。"

手不释卷的年代
大桥是个隐喻。
有守望者,
就有直接从上面跳下去的。

蓦然回首,那么多人在大桥上跳广场舞。

那么多人像树叶,
在凛冬的寒风中旋转。

2018.12.28

东方饭店

内蒙古大雪。北京零下十度
但没下雪。一匹灰色的老马正从燕山赶来
老房子一样肃穆的表情
头上顶着大雪
我见到了鲁迅
民国十五年
晚些时候,直系吴佩孚和奉系张作霖
联手进攻驻守北京的冯玉祥
鲁迅把自己的母亲
原配夫人朱安
学生许广平
以及借住他家的几个朋友
一同接到东方饭店

过两天看看

没什么事情发生

老母亲等人

先回家了

鲁迅仍在那里

专心写作——

《纪念刘和珍君》

    2018.12.7 北京

人物

四百年前的欧洲观众
和我们如此接近
歌剧院两排红楼之间的梧桐树
毛絮飞舞。前同事老吴正朝我走来
我们打招呼的方式很奇特
我说,哈姆雷特
你已经大大得罪了你的父亲——
不,母亲,你已经——
结果没忍住
我看着他
突然紧张地抖动鼻翼
仰天打了个喷嚏

老吴是剧院勤杂工

搬箱子，拉景片，打追光

喜欢在别人的台词中

变换角色。一次他从幕间天桥上

摔下来。摔在舞台中央

奄奄一息的表情

在每一个人脸上辨认

切换台词

我瞬间被感动

这次他把自己想象成雷欧提斯

叫我奥菲利娅——

妹妹，在好风给人方便

船只来往无阻的时候，不要贪睡

让我知道你的消息。

2020.1.19

腊月

北方城市的冬天

冒着白烟

老式蒸汽锅炉

空调机外挂的声音

呼哧呼哧的

阳台上的年货

香肠，腊肉和咸鱼

生命中居家养老的部分

深埋在臃肿的棉衣里

要不要回老家过年

眼睛外面的老街

庞举人在前湖采气

钱小四在八滩渠放鸭子

无非就是这些

树杈间灰色的矮楼

十九世纪的火车头冒着白烟

老顾的酒店

确定改名福楼拜

无非就是这些

呼哧呼哧的一棵老树

一条幽深的巷子

提着灯笼

又是小年夜

要不要写一副春联

要不要去看看

红鼻子的李大爹

"高堂结彩，华宅生辉"

抑或"墙荫高旷，山影清幽"

脑袋从窗口伸出来

冒着白烟

蜡梅开始微醺

2020.1.17

过年

大年初一。我和祁国坐在雨中
或者几乎是坐在雨中
坐在67°老白干的烈焰中
教堂四周的爆炸声
带来寂静和耳鸣
如此让人怀念
他们家的两棵老树
一棵是枣树,还有一棵
不是枣树,是刺槐……
祁国曾经写过
平时这里很安静
但春节不一样
尤其这一年春节,雨夹雪

爆竹声过后雪渐止，雨声被放大

从屋檐到青石板，跨过门槛

我们的脚面、裤腿

下半身，热气腾腾

一点也不觉得冷

90年代苏北人家敞门吃饭

刮风，下雨，下雪

过年也不例外

老祁家也不例外

我们冒雨燃放烟花的

那个遥远的下午

大酒中途出去放了一把鞭炮

发现教堂附近

家家户户的红地毯浸泡在水中

他们是如何做到的

现在是二〇一八

戊戌年正月初五

南京有雨，雨量肯定大不过当年

门户大开的新春第一场雨

此时想起

仿佛又见弄堂口青灰色的教堂

钟楼顶上升起白雾

一口老白干

咣的一声

撞响身体里的钟。

       2018.2.20

       戊戌年正月初五

大雪

雪越下越大

我在一个人的传记中赶往她老家

正要穿过一条铁路,这件事

和此刻这场大雪无关

和一些小事情的灰烬有关

抽完最后一支烟

我下楼,眼睛被一粒冰碴击中

差点流出羞怯的泪水

不是所有冬天

都像今天这场雪

可以联想到阿司匹林

路过你的内心

白茫茫的世界

不被打搅多好

        2018.1.25

下雪是我工作的一部分

我醒来。开窗。换气
整理桌面。在咖啡和烟草的味道中
重新坐下来
仿佛掌握了世界
下雪的秘密

冬天空空荡荡
需要一场大雪
为我们保守秘密

下雪是我工作的一部分

2020.1.11

不是每个人都能看到这场雪

我听到飞机的声音

只有通过街灯才能看见的大海

听到更多的消息

但现在是深夜

离白天还有几个小时

不是每个人都能看到这场雪

不是每个人

都能熬过这个冬天

或者你在南京

看到的是雪

在德黑兰看到的

是雪片般

坠落的

飞机的碎片[1]

2020.1.9

---

[1] 据伊朗当地媒体报道，载有 176 人的乌克兰国际航空 752（PS752）航班于当地时间 1 月 8 日早上 6 时许在德黑兰伊玛目·霍梅尼国际机场起飞后坠毁。

卡车司机

一个喷嚏,像挨了一记电警棍
卡车司机涕泗横流
突然爆发的样子
瞬间演变成
一部韩国大片
一场群体性喷嚏
四处蔓延:特勤,防疫
口罩与盾牌
跑在敏感势力前面
跑得更快的
狙击手的子弹——
放慢速度——
放大你瞳孔里的怀疑

但并没有停下来的意思

嗡嗡作响的绿脑袋

蓝光一闪

大合唱骤停

隧道内漆黑一片

导航提醒前方路段有分岔

请靠左侧行驶

出隧道

什么事也没发生

眼泪却止不住地流下来

      2018.6.13

敌人

老头走在我前面

身上的披挂,剑与刀枪

肯定是假的,但我听见血管爆裂的声音

是真的。在卫岗下马坊一带

有人大吼一声:下雨了

开始我以为是幻听

沉闷的,驶过江湾的

驳船的声音,突然炸裂

雨哗哗地落下

在冰凌与火焰之间

无端地想起十步一杀

去年很冷的冬天

见过他光脚踩着雨雪、冰碴

青紫色的上半身裸露着
蹭蹭蹭的背影
留给我思考的
不可能是教科书的节奏
因为凛冬如刀
壮士必须赶路
必须不停地大敌当前
他要去杀人
谁是他鄙视链上的敌人
除了时间，还会有谁
当他转过身来
会不会认出我
想起自己的一生

2019.5.24

劳动

劳动是必须的。劳动就是活着

吃饭,睡觉,养家糊口

服从于上个月

无端的指控

无辜的来不及打开的蔷薇

木槿花和虞美人

五月的第一次聚会

篱笆墙的嘴唇

你负责赞美,我负责流泪

当然不会真流泪

也不会无耻到

在大马路上撒尿

负责情绪稳定

我是说赞美是必须的
尊重也是必须的
等我哪天不劳动的时候
一定会告诉你
劳动最光荣。

2018.5.1

防空警报

天空暗了一下

一个拖延症患者开始服药,填词

一首诗的脚丫

正好踩到了

历史上的今天

防空警报的悲剧意味

完整呈现

平常生活

战栗的部分

2019.9.18

诗歌的日常化

诗歌的日常化
就是一张瘦脸
无力反抗镜子里的人
出现在我刮胡刀下

有人急着要回到自己的面孔里
铁青色的下巴
开始塌陷
外面在下雨

许多日子的残余
随泡沫进入下水管道
如此荒谬的开始

你是我

厄运的一部分

写诗撸猫

比死水平静的生活

2019.8.30

礼物

比如这样的好天气
金色的柠檬从院子里伸过来
像米沃什递过来的礼物
但我无花可浇

上午温暖的阳光
透过玻璃，皮肤和血液
照进骨头里
一些东西往下沉

再往下沉
一壶好茶来自贵州
一副完整的骨架

坐在阳台上

所谓平静生活
就是没什么事情需要别人追着我
我也不追着别人

"我们不欠平庸任何东西"

2019.12.3

阳台

猫要出去。猫砂在窗外老式空调机的立柜上

房间里隆隆作响

开窗放它出去之前

先把空调关了

让露台上嗡嗡嗡的电流声

安静下来。我每天只干一件事

每天都这样

光秃秃的天空

刺槐树干枯的枝条

或者有一只鸟

扑棱着翅膀

阳光转瞬即逝

像要下雪

猫再次出现

我去给它开窗

2021.1.30

星期天

小区里的各种开挖
埋最粗的管子
橘黄色隔离栏
隔开一张床
星期天的中心

挖掘机在床前对撞
去年也这样,前年也这样
一片树叶颤动
更多的叶子
穿过阳光
落在壕沟里

他们的作业区
他们的工具和脊背上

一部分激情
已经来临
他们有节奏地敲打铁皮

2017.11.5

冬天

适合回到北方
翻开冻土
从地窖里取出烈酒
羊肉和账本
四兄弟联署签名的地契
假如地契还在

桥墩下的篝火
时间的屏障
比坍塌的土窑更坚固
父亲坐在废弃的
大型联合收割机上
运粮船从我们身后缓慢经过

我的祖父，祖母，姑妈

和我母亲

都埋在那里

冬天最温暖的地方

就是墓地

但那样的冬天

和墓地没了

2019.12.22

辑三　让一部分鸟鸣参与记忆

一月的诗歌旅行

你看到了什么

与一只猫看到的

有什么不同

我要带它到三亚

看看那里的猫砂

舔过亚龙湾温暖的舌头

让海南岛的阳光

和蔚蓝色储存在它眼睛里

也让眼睛外面的南方

听听北方的猫叫

北方的爱情

用动物的眼睛看你

还原你的野性

爱与自由,我看见它躬起的脊背

在云端里追赶一条大鱼

2018.1.21

永兴岛

北纬 16°50.1′东经 112°19.8′
一架钢琴停在大海中央

一架二平方千米的钢琴
需要怎样的手指
伸向大海,摁住它胸口的十八级风暴
永兴岛,一架钢琴停在大海中央

银色巨鲸。在云端里游泳的
钢琴的和弦。把自己塞进耳朵里
此时大海是安静的
大海在洗盘子
端出镶嵌了金边的一天
芒果味的一天

我们直接降落到
演出现场
一架钢琴停在大海中央

白色的排浪,船队和帆
水芫花,鲣鸟,野牛
珊瑚和珍珠,认识所有的嘴唇
所有从远方
到远方的人
吹散内心的积雪
一架钢琴停在大海中央

这空旷的灵魂
五百年绵延不绝的天籁
西沙、南沙、中沙
宣德群岛、永乐群岛
东岛和中建岛
三十四个岛礁[1]浮出海面,呈现寂静

1　34个岛礁,特指以永兴岛为基点的西沙群岛。

渔火与诗歌
一架钢琴停在大海中央

显示潮水的方向——
北京 2680 公里
海口 452 公里，三亚 339 公里，曼谷 1220 公里
纽约 13601 公里，马尼拉 525 公里
一架钢琴停在大海中央

我们看星星。星星比我们看得更清楚
一辆蓝色电瓶车
一个抽象的
具体的演奏者
我失散多年的表妹
在台风中心
在石头里
在你看不见的地方
一架钢琴停在大海中央

2018.1.16

天涯字句

从缀满繁体字的星空简化而来。
那些字句
刻在月亮上
一艘空船拉响汽笛
大声喊出老龙头的乳名[1]
缆绳,重重地抛过来
抛过来月光

蚱蜢岛亮了
祖宗海的耳语
漂泊与孤悬

---

1 与永兴岛相连的石岛上,有中国主权碑以及"西沙老龙头"石碑一座。

被潮水记录下来

刻在巉岩上、礁盘上、石碑上

刻在天涯

刻在大海蓝色骨头上

也刻在海角

刻在水手、渔夫、海碰子、古代诗人

和当代守岛官兵的脸上

是太阳记录下来的

三沙黑

刻在南中国海的额头

也刻在日本人的炮楼上

鬼子将他们的名字

刻在鸟粪上，害得鸟不生蛋

民国三十五年十一月二十四日群岛收复。灯塔

刻在回家的方向

也刻在朋友圈

刻在椰树下、渔火旁、涛声中

天涯澎湃

一只鹰

落在我眺望中的句子上

       2018. 1. 25

万泉河水清又清

万泉河,我在你水边站了一会儿
看看有没有一只芭蕾舞鞋
踮起脚尖
一个大长腿赠我以枪
我对着镜头摆了个 POSE
跟着踮了踮脚尖
水面上的涟漪,几只鹭鸶
一闪而过
一种轻微的声音
一种特别的感觉
在水面上
在远去的歌声里

2018.1.18

坡村

陵水黎族自治县坡村
有人举着手机,命令一只鸡:回头!回头!
全村的鸡齐声回应
而隐身在它们的合唱中
看不见一根鸡毛
看见的那一只
背对着围观它的人
一动不动

一动不动的还有车窗外
来的路上
一闪而过的
石头上的文字

"陵水苏维埃

琼崖第一个红色政权"

革命老区

也是样板戏

南霸天的老家

中午的阳光

照进草木深处

一动不动的其实在动

它暗红色的鸡冠

它的通透

几乎达到一种澄澈

一动不动的姿势

转眼无影无踪

                                          2018.1.11

博鳌码头

从博鳌论坛出来

外面在下雨

海面上升起了白雾

雨雾中的沙洲

一个狭长的跳板

一条灰色的线微微颤动

从博鳌出海

必经那片水域

原计划要去那里看看

差不多已经上船了

导游追上来

反反复复叮嘱

千万别乱走,别站错队

跟错船，错了
就回不来了

        2018.1.17

玫瑰夫人

玫瑰玫瑰,你喉咙里的亚龙湾

花开的声音盛大如歌

如潮水

突然失声

是被一朵花击中了吗

玫瑰夫人

大海停止的地方

你的出现

以绽放收复春天

收获三千亩热带爱情

一生的事业

培植、浇灌、逆生长

回到

玫瑰的中心

                2018.1.18

东七时区

汤老师来了。
汤老师是阿伦从西藏带回客栈的。
阿伦是个有故事的人
汤老师也有故事
汤老师是一只猫
在西南古镇
有多少木结构的客栈
就有多少故事
在火山岩石头街巷里七弯八拐
起承转合。珠宝商，石匠和仁波切
貌似艺术家的人
导演和小二姐们
一座轻度抑郁的小镇
从不轻易开口说话

像汤老师。每天凌晨的雨声

空气中的花瓣。仿佛被遗忘。浑然不觉

晚上七点一刻

太阳还暖暖地蹲在屋檐上

也是他们喜欢的

在阿伦的轻奢客栈

没有人不认识汤老师

我们一起喝茶，晒太阳

出去看油菜花

夜晚在屋顶上

在廊檐下嚓嚓嚓地走动

在我要关门的一刹那

溜进来。从它眼睛里看到

好像我也是有故事的人

突然一阵犯困

硬撑着整理相册

发朋友圈不到一分钟

果断地删了。

2018.3.31

人间草木

在灵谷茶场的山坡上

石场长指给我看

漫山遍野的绿头发

我听见他们在喊山

也想陪他们喊几声

突然嗓子半哑

雨雾中的湖

缓慢升起啄木岭,境会亭

如大神陈公亮的古琴

隔空照亮

明前茶的舌尖

"天子须尝阳羡茶

百草不敢先开花"[1]

遥远年代的鸟鸣

提着它们的绿脑袋

赶往京都

柴米油盐酱醋茶

茶走在最后

走得很慢。十日王程路四千

我很担心十天后

到不了长安

2018.4.24

---

[1] "天子须尝阳羡茶,百草不敢先开花。"唐·卢仝《走笔谢孟谏议寄新茶》。

让一部分鸟鸣参与记忆

堰桥不是外婆桥

但我相信外婆就在村前街上空

俯身观看桥下的流水

西漳船运来一条新的河流

新的等待命名的

光影，两岸的风景

在油菜花炫目的金黄中

吐出一些句子，让我们跟随

穿过二月兰低矮的屋檐，进入庙堂

革命老人的故居

天井里的深水芙蓉

从历史的背景中独立出来

村长说那是一扇可以打开的门

可以让阳光进来

让时间的花朵

和一部分鸟鸣参与记忆

在光芒的中心闪现

    2021.5.5

烈酒

一针筒酒精
一针筒诗经提取的不明液体
注入无药可医的
诗歌的身体
我们做了个实验
要让诗酒产生化学反应
让摇摇晃晃的早餐
从纯阳洞潮湿的身体里走出来
释放一部分浓度
让原浆穿过阳光
回到黄昏后的高粱红
让语言回到
杜甫草堂的屋顶上

让飞鸟和游鱼

松开时间的绳索

在浣花溪边

聆听水滴石穿的声音

那年八月。茅屋为秋风所破

我听见咔嚓一声

诗中一截骨头

折断在泸州

窖藏的烈焰中

      2019.7.15

黄河故道

能让史书记上一笔
或一笔带过的,掘地三尺,必有传奇
譬如下邳
大师说
邳是鸟类符号

黄河故道。有人逆水而上
有人顺流而下
仿佛真有一只巨鹰
古老的地名
在天上飞

在鹰翅下俯冲的

是马蹄

是黄河夺泗

抹去所有历史细节的泥沙

是灾难过后的

大寂静

鹰在哀鸣

下邳国的图像记忆

时间分为三层

鹰是一层

悬河是一层

我们在最底层

2021.5.9

尤其是貂蝉

曹操攻打吕布

水淹下邳城

白门楼不用说了

貂蝉的命运最让人牵挂

喝一点点酒

就有人说

要去看看貂蝉

为什么不去看看她

但谁是貂蝉

貂蝉在哪

只有当地作协主席知道

2021.5.15

短歌

春风又绿。伯渎河流经我们的额头
谁也不知道梁鸿
和他太太从哪条路上来
倾斜的地平线
大诗人登高望远
樱花像雪花一样飞舞
他要告诉爱情和一碗水
举案齐眉的案
应该是江南岸的岸

2019.4.1

夜鸟

夜鸟的声音此起彼伏

它们的尖叫

来自梅里、伯渎河、啸傲泾

一棵树的倒影

沉入空旷的睡眠

有几声哀鸣

高过鸿山遗址

它们黑色的肚皮

悬在空中

如同下午

我还在那里散步

2019.4.6

虞美人

谈论吴文化的时候

外地人喜欢坐在电瓶车上

这里的花好,水好,空气好

导游的吴侬软语也好

因此必须下来走走

他们在梁鸿国家湿地公园里兜圈子

拍照,撸串,发朋友圈

用手机软件识别每一朵花

本地人不这样

他们在湿地放风筝、挖野菜

芦苇丛中的麋鹿,家门口的风景

仿佛一架钢琴停在水边

在寂静中回忆

童年的绿野仙踪

并没有走远

伯渎河,流进后窗的细碎时光

我在两者之间

想起一个人

很多年前的一个晚上

在浓雾中,听她介绍湿地

我们没坐电瓶车

但也说到了三让桥

举案齐眉

似是而非

很快她也成了传说的一部分

偶尔谈论

会想起一种植物

或古代的一个首领

2019.4.6

我要去羊山湖做什么

下午五点钟方向

完全无所适从

那么多人

那么多手机从他们眼睛里伸出来

我要去羊山湖做什么

在地铁二号线

我头脑里的羊山湖

很快将出现在我身体左侧

但我不能确定

我和你

如果不是你

是这条线

或那条线相反方向

时间又会怎样

在地下二十米深的人群中

那么多樱花

那么多面孔忽隐忽现

瞬间穿越

依然无法确定

我为什么会出现在苜蓿园站

在站外广场的晚风中

戒了八天的烟

毫无压力地重新点燃

但你能说

这个消失又浮现

中途下车的人

是我吗

       2016.3.30

在玄武湖跑步

从额头到神策门
玄武湖悬挂在我睫毛上
整个可见的世界
是咸的
有犀牛的味道

有什么东西
要从我身体里突围

脱缰的春天
引爆了露天金矿
突然消失的

一支队伍

深入油菜花地

在另一个陡坡上浮现

一只上升的水桶

大汗淋漓

快速移动的海棠花与向日葵

四季轮回

收紧玄武湖的马甲线

忽隐忽现的姿态

瞬间凝结

又被一阵风抹去

不是我

是一匹马在突围

过了解放门

明城墙的阴影

压到了我耳朵里的地平线

玄武湖巨大的冰裂声

如同空袭

更多的人惊跑起来

      2016.3.17

亮灯仪式

又一年。青藤,无花果临空高悬

缠绕犹如仪式的完成

酒店已为圣诞亮灯

整整提前一个月

酒在酒杯里,水在草地上

漫无边际地流淌

"我们已经很老了"

走过酒店大堂

小花旦一脸大彻大"雾"

对一棵圣诞树说

今年过得好快

饭格格说上帝调钟了

上帝告诉我们

什么是不可改变的

洋哥说你们懂吗

你们都不懂我就放心了

　　　　　　　　　2017.12.2

槟城

落日之上的一阵晕眩
一线蔚蓝
在鹰翅下俯冲
降落。突然耳鸣。眼前的世界
因为抵达而变得遥远

事情确实如此
大海从我们头顶飞过时
一座城市从天而降

无数个远方在海滩上
变换着角度。像莱特上校用大炮
寻找世界和发现

一架钢琴停在大海中央

遥远的涛声。淹没
又浮现。没有更大的了。只有大海
没有更古老的了
只有椰树皮上古老的传说

狭窄的街道依山势而起伏
贴在印度洋的胸口
随风沉默的面纱,在棕榈下裹着乌衣
和她们对视你会看见
大海中的大海

大海中的乌托邦
沉入黑夜
但这并非是一座乌有之城
在梦游者的沙滩
突然转身的黑人兄弟
洁白的牙齿

闪烁着呓语

有没有一种障碍

比黑夜更黑

随手捡起一张当地报纸

能看到世界的来路

我们的来路

在沙滩上

深一脚浅一脚

      2007.7.6 兰卡威

      2007.8.1 南京

在巴雅岛潜水

在巴雅岛潜水
眼睛外面
各种乱看的海洋生物
以为自己也到了眼睛外面
也可以和它们一样
你很难想象遇到鲨鱼的一霎那
印度洋的海水有多凉

我和鲨鱼的对视
应该是中午
(也可能是下午)
夏日的阳光经过海的下颚
你看到了什么

被照亮

仿佛真有谁运行在水面上

<u>鲨鱼朝我咧嘴一笑</u>

突然想起南京

一个戴牙箍的姑娘

她最爱说的一个词

惊悚。我看见她修长的脖子

已伸过

洪武路天桥

对面音像店还是那首老歌

你很难想象

一首歌

在深不可测的海水中

听起来多么忧伤

       2007.7.30

安达曼

盘山路甩掉一只迷彩的蜥蜴
豁然敞开的海湾
白色的沙滩
永远也不融化的雪
落在世界之外

安达曼。这意外的行程
在三种语言转换中升起一盏灯
一个退休总统
坐在铲车上

像一部老电影
坐在上个世纪的钟里

寂然无声的沙滩

助听器中大海和上帝的声音

你听到了什么

六百年前的船队

和传说。有没有更遥远的脚步

被大海踩疼

安达曼

五百个暗礁藏匿于深渊

五百个岛屿高出天堂

一只饥饿的狮子

吐出夕阳

饲养着天空

在你望出去的目光

我们从未抵达

2007.7.29

热带雨林

悬崖上的晚餐
辗转之间被置换的
白天与黑夜
两种肤色
两种文化的热带雨林

脱去外衣。内衣也是多余的
身体和国籍,甚至语言也是多余的
他们脱去
多余的部分

脱去地球引力
脱不去的是肤色和性

两个身体

抽象得不属于

任何一部国家地理

2007.8.11

两个落叶缤纷的滥人

秋天的凉。是雨中的不明飞行物
雨中白色的餐桌
从空中撤回到地面
回到没有危机的纸上

比纸更薄的日子
能看见时间的另一面
嗓子半哑的,天空的一道裂隙
横列在去过的地方

许多年前的日记
往事就像一列虚构的火车
一次邂逅搭上一生

荒诞的旅行

荒诞的爱情
抵达时已是落叶缤纷
两个滥人
披着湿漉漉的床单撒腿狂奔

      2017.11.21

辑四　新闻学的周边地带

暗物质

掩体,防御游戏
每一幢写字楼里都有一个狙击手
走廊上突然冒出来的
一句话
像一颗子弹

击中一个名词
你可以想象一颗子弹
击中一只苹果
这个季节的樱花盛开在走廊上

我想说的是
新世界大厦的反光
一幢楼在

另一幢楼心中
你在我心中
让下午这段时间

变得飘忽。我在走廊上游荡
记忆的缺口
正好被一个人占据
我将手伸进怀里
但掏出来的不是手枪

街对面的镜像
停止了移动
一个人在关窗
一张陌生的脸快速闪过

2016.3.12

新闻学的周边地带

因此我们必须相信

新闻就是新近变动的事实

本质上就是你刚躺下

被头条标题惊醒

赶紧打电话

确定可以踏实睡了莫名庆幸

太阳不一定每天都是新的

但标题必须是

这句话的含义是

几个小时后

事实发生了变化

标题上的冒号尿了

仅仅几个小时
人们谈论的已不再是
冒号后面
说了些什么
而是从会场被带走时
他脚下的水印

这真不是你的错

2017.8.18

大象

十五头大象

十五个巨大的隐喻

找不到任何一种适合你

路过你全世界的笼子

在旷野上走

它们寻找笼子

不是为了遣返自己

而是为了遮蔽

大象像大象一样无形

大象无形

正确的说法

应该是笼子无形

2021.6.7

蚂蚁

天要下雨
蚂蚁开始搬运
大象进城的消息
对潮湿多雨
即将到来的夏天
大象有大象的想法
蚂蚁有蚂蚁的参与方式

它们搬运食品
药材和蔬菜
也搬雷声。沉闷的
事物内部的声音

纸上的声音

被你撕碎的怎样的字句

蚂蚁一样集结

人类秘密的忧伤

在暗中行走

       2021.6.10

火药洲路

世界被遮蔽,有时需要五年
甚至更长一点时间
才能读懂一首诗
理解一条路
为什么叫火药洲路
大年初三。浦口的兄弟
发给我定位
让我过去吃饭
没问清楚在他新家
还是周边酒店
直接点链接叫车
到七里河边的火药洲路
路上无一堵点

过江隧道也很顺畅

临近终点时

发现哪儿不对了

半封闭的围挡，拐进去

道路宽阔，空无一人

感觉挺像驾校。司机无语

导航提醒右拐

再右拐。路没了

赫然出现的拒马路障

拦住了去路

后面锈迹斑斑的

大铁门上一行小字

"你已进入XX监控范围"

两只狼狗，虎视眈眈

2021.2.15

上半夜发生的事情

世界发生了什么
裹着大雾,如蒙娜丽莎路过我窗口
我在阳台上看书
一本书
一个字也没看
一壶水
喝到天亮
天其实没亮
上半夜发生的事情
已被屏蔽
朋友圈还在找人

       2019.4.13

说起他们

无非是说
一些人老了
还很年轻
热衷于雄辩
滔滔不绝
但牙齿松动
不再咬牙切齿
一些人写诗
白天是教授,晚上
还是教授
刚装的假牙
爱上了脱口秀
越活越年轻

更年轻的工作团队

跨界，出圈

远嫁撒哈拉以南

一梦未醒

遭遇枪击

就像若干年后

辗转回到

自己的故乡

说起他们

无非是说

宇宙的中心

一些人的下落

2012.5.25

物联网小学

无锡梁鸿湿地丽笙度假酒店
房间里有几张白纸
一支铅笔
我犹豫了一下
随手写下物联网
万物相连
因为刚刚看过
物联网小学
这里的孩子们
已经不再用纸和笔了
他们用平板上课
人机对话
学生，老师和家长

互为物联网的一部分

我为他们感动

并悄悄地忧伤了一会儿

直到放学

孩子们鸟儿一样

离开鸟巢

在细雨中奔跑。

       2018.11.21

二维码

走着走着走到一级台阶的屁股下

有人以同样的姿势坐下来

我很好奇。当然也无所谓

但我很想知道

银行门口的二维码里有什么

有可能刷出什么来

我忍不住掏出手机

他以同样动作

举起手。我们相互凝视

如临深渊

镜子里的二维码

刷出和我一模一样

发呆的

玻璃幕墙

　　　　　　　　2018.5.19

安检

倒计时中的城市

引颈翘首，额头的血撞击

还剩三天了

这剩下的日子

易燃易爆的日子

时间的窄门

回荡着金属的声音

他有一颗机器的心

2008.7.29

无眠

下雨带来一些压力

一些尖硬的东西,在雨声中弯曲

压到水面

被反弹回来

仿佛是在

一条河的船上

不是床上

黑色的树枝

弯下来

再次反弹

弯曲的是时间

一些流动的东西

难以躺平

哗哗作响

2021.5.26

安静下来的人

失去听力的人
听到枪声
或自以为听到了一声枪响
越来越近的脚步
突然慢下来

看到笼子里
扑棱着翅膀的人
也可能是
一只猫头鹰

这是傍晚时分
在静音状态下看周围的一切

无关时局

和时间的隐喻

为什么会听到

玻璃粉碎

猫头鹰飞出窗外的声音

2020.8.6

结冰的时候

结冰的时候

有一种冰在高光下爆燃

无端地想起马头琴

一首悠远的老歌

歌中一匹老马

被拦在隆隆作响的

铁轨的这一边

离舞台很远

离徐庄诺富特酒店

高潮迭起的剧情

隔着几条街

雨停在那里

      2019.1.28 小年

述职

上午阳光明媚
台上述职的人说焦虑啊焦虑
挺让人感动
但也没什么特别的想法
中途我出去抽烟
经过前排密集的光斑
他们挺喜欢说小伙伴们
几个不错的名字
自动生成蜡梅和雪花
从窗外飘进来
脸上有二十四节气
最后一个节气
大寒的味道

2019.1.20

压力测试

压力来自于吃饭、睡觉

再吃饭、再睡觉

反复测试,而无话可说

又必须说话。说还是不说不是个问题

问题是如此正确的

测试,总有一种不正确

如空气中的肩周炎

酸痛但无从触摸

和皮肤隔着一层玻璃

陷入困境的立体主义者的错觉

庞大而空虚的笼子

虚无但很结实

吃和睡必须面对正确的

没有面孔的人

2018.11.19

因为所以

一、因为活着

是活着本身的高压锅
炖你五味俱全直到一把老骨头
也烂在锅里

——当然是比喻
当然高压锅
真可以把任何骨头炖成渣渣

可是现在
不要说没骨头了
就是有也已经啃不动了

因为满口假牙

二、也有高压锅

甚至更大的锅
比如锅炉,比如锅炉一样
突然爆炸的地方事件

被屏蔽。这是很久以前的事了
现在不要说没有,就是有
也听不到爆炸声了

三、所以艾略特说

这世界倒塌,不是轰然一响
而是唏嘘一声

2019.12.27

今晚六点下雪

这几天南京很冷

菜场卖肉的说今晚六点下雪

语气之决绝像他的刀法

一刀下去骨肉分离

但现在没有

可以看见蚂蚁在此时的阳光下

发生位移

谁也不能确定

冬天下沉的速度

但我相信今晚必有一场大雪

想想这一年

时间陷落的每一厘米

在我们内心

或骨头里

看得清清楚楚

除了等待,除了爱与不爱

没有什么可畏惧

但我相信

卖肉的说法

今晚必有一场大雪

2018.12.30

庚子年

口罩捂住了庚子年

众生的嘴巴

所有人的大街上空无一人

所有的窗口熄灭

而喉咙,突然打开

跌宕起伏的人头探出疫区

仿佛出问题的不是肺

那它是什么

黑暗中的高楼

在无人机

和蝙蝠的眼睛里

比病毒更可怕的是什么

老鼠也在喊话

它们的声音

人类怎样才能听懂

2020.1.29

今天的雪

今天第二十四天

外面下的是雪还是冰雹

噼里啪啦的

所有人的大街上

空无一人

所有的脑袋

伸向湖北

而看不见雪

看不见无形的病毒

刀子一样进入

世界的内心

2020.2.15

惊蛰

我能看见的春天
戴着面罩
不知道风中
是否也有病毒
下午的阳光和水声
出现在对岸
古人下马的地方
灌木丛中的断头路
其实没有路
山涧淙淙的小溪
流过幽闭的
蓝色帐篷
两双跑鞋的潜伏期

在草木深处

看不见中间宿主

                2020.3.5

幸福沙洲

世外桃源不在世外

在世业洲夹江大桥下面

想起二十年前

麦田怪圈

一些怪人

相亲相爱

然后离开

再也没有回来

但麻雀与稻草人还在

世外桃源

不在世外

也不在世业洲

那它是什么

至少转了

二十一圈

我被一种意念

甩到麦浪滚滚的江边

          2019.5.26

梦都大街

一月的最后一天
一场白日梦在梦都大街等我
我从奥体东 2 号口出来
右手河西 CBD、中央公园
左手奥体中心
积雪未消的南京
阳光算不上明媚
一点点暖意
也是它该有的温度
该有的雪后寒
冷。依旧有人在摆 pose、拍照、堆雪人
我走走停停。导航提醒
直行 200 米后右转

进入梦都大街

一个受访者

在路边某栋楼里

约好下午 3:00 见

要找的地方并不熟悉

道路自信必须有

在梦都大街与江东中路交叉口

导航让我右转，左转，掉头

左躲右闪，到马路对面

继续嚷嚷，掉头，掉头

路线已重新规划

我踩着积雪的残渣

咔咔咔咔地跟着手机走

大雪过后的河西，宽敞明亮

草丛，绿地，景观带

隔离栏下

屋顶上的雪

想起某年和某人有过的

一个饭局

短暂的邂逅

又到十字路口

导航提醒,请直行

请直行,前方200米左转

然后掉头,150米后右转进入梦都大街

我掏出手机。屏幕上积雪的反光

白花花看不清确切位置

转到背光的侧面

导航突兀发声

GPS信号弱请步行到开阔地带

我很听话地出来了

丝毫也没有被动生存的

不适感。相反

我很乐意被追逐。听命于

一颗卫星的摆弄。还有50米到达预定目标

20米后右转然后左转

从一条巷子出来

一栋灰楼,楼下有几座古人雕像

双脚深埋在积雪中

脑袋上顶着雪，挂着冰凌

长得很像我要找的地方

我以为到了

某机构

搬到河西

无事不登三宝殿

第一次踏雪寻访，迷路

是必须的。何况是在梦都大街

我可以关闭导航了

这时一个人，仿佛一个人

突然出现

说：掉头，掉头

你已偏离梦都大街

我开始蒙圈

这咔咔作响的

一月的最后一天

肯定在哪本书里见过

猛抬头——又见河西CBD、中央公园

回到了原地

回到梦都大街的站牌下

现在除了我,应该还有其他人

等车的人,装睡的人

以及同样在雪地里

找不着北的

土地测量员K

我很烦在一首诗中

套用一个蹩脚的比喻来说事

但一点办法也没有

挥之不去的

一个天才

一个无与伦比的

阴郁的痨病鬼

早就安排了这样的结局

城堡近在眼前

怎么走也走不进去

      2018.2.3

辑五　夜晚露天咖啡馆

夜晚露天咖啡馆

陌生城市的夜

并不陌生

某时刻因为下雨

因为熟悉而陌生

更像一个借口

在等人。梵高坐在夜晚露天咖啡馆

已经坐了一百年

当然是赝品

寂寞的天空之城

沿河排列，带着光斑走动

至少叠加了

三个城市的脸

她教他如何剥离

时间的歧义

越走越远的月光码头

满脸都是

十三英尺的墙

他把自己看成一扇空窗

女人从窗口经过

       2017.12.3

过街列车

我要写一首爱情诗。这首诗从火车南站
到十指紧扣的爱情需要七站路
一段长长的地铁画廊
沿台阶向上
一个沙哑女声在唱
中央广场全是人
头发全白了
大雪悠扬的钟声
细数十二月的纪念日
你的行程。一只鸽子折身返回
镜子里的白日梦
到处都在下雪
月台上不可能有人知道

一个雪人错过任何一班火车

但他错过了

错过的不是我

挥不去的一首诗的名字

在下雪。你是我无意中听到的莫扎特

你是我命中注定

必须错过的那班火车

从来就没有想到过　有一天

月牙湖穿过城门

你的手伸过来

你抽烟。说对不起

在又如何。两三年不见

大屋顶上的浓雾

黑暗中的薇拉·菲兹杰拉德

仿佛在甲板上

我又回到了九月

一次次提速

尖叫。我将平安夜的钟声

和你关机重启的记忆

存进云端里了

房间里隆隆作响的声音

来自过街列车

还是头顶上

巨大的城市管道

奇怪的是，当我们重新坐下来

世界极其安静

而一旦离开就会听到

大屋顶上的声音

声音中的

另一种声音

在跟随。

2017.8.22

冬至

连续而来的日子
拖着拉杆箱
进隧道,搭乘更大的箱子
整整一火车的祝福
却有更多的悲伤

悬而未决。整整一年
时间的暗河蓄满水,从灰暗中剥离
你不说话的样子
像个传说
穿着白衬衫

没有一件乐器配得上

收割后的天空

磨盘一样旋转的黑胶唱片

此刻北方正在下雪

二十四节气中

最长一夜

你在二十四节车厢

哪一个窗口

出隧道进入巨大的明亮

2018.12.22

强有力的事物

送人到机场
看飞机起飞后
慢慢变成银灰色的
她的拉杆箱
消失在一片云中

我又回到二号线
世界很大
其实也就拉杆箱那么大
每天只需要
几站来回

列车进站时

站台上的裙子掀起来

我左膝盖的破洞

一阵清凉

     2016.3.19

就说钢琴是如何被春天惊醒的

催动花朵的力

不是通过绿色导火索

是互联网

你手指上的每一朵花

每一棵树

每一个水边的亭子的呼吸

问候与哭泣

捂着春天的嘴

一个表情包

一只猫

咣当一声

我要和你说什么呢

就说洗衣机上的半毛钱纸币

就说钢琴是如何被春天惊醒的

语音中溢出的泪水

是春天的白内障

是白内障无法告知的颜色

自动生成你的怀抱

你的忧伤

杏花枝头的春意

从后台闹到窗口

闹到第二天一记响雷

玻璃粉碎

手机飞出窗外

再也没有她的消息

2016.3.27

我们的手指春暖花开

去过的地方

老树也开始点赞

老树点赞是枯枝爆出的

鲜嫩的花瓣

我定定地看着

你的那只手

你转发的番石榴树

去年死过一次

又回到了

地铁车站。十里开外山花烂漫

黑色枝干上的短消息

啪啪啪地爆出

樱花、桃花

蔷薇和三角梅

      2018.2.9

人面桃花

一首诗中的望远镜

拉近临街的一枝红杏

一首诗的背后

有人在练习倒立

有人滋滋滋地吸奶

脸涨得通红

人面桃花相映红

一首诗憋了

一千多年

一把拉着诗人的手

其实拉住的是长安城外

春天的尾巴

桃花谢了

樱花也谢了

你为什么还不来

      2018.4.8

那些镀金的句子

我不太注意星座
但我喜欢星座的语言
夏天一样直接
或反复无常
从三个方向吹灭蜡烛

黑暗中有人告诉我
"每个人的一生
都会遭遇一场决定命运的大雨"

那些镀金的句子
随时可能变成"烟花"

从浙江沿海登陆

2021.7.25

我想叫你温比亚

夜雨中的花瓣
明亮
纷纷扬扬
以每小时 30 公里左右的速度
向西北方向移动

温比亚，我看见你
右脸压着
第 18 号台风
有青酒的味道

什么样的花朵
流星一样划过你的嘴唇

我的左脸

我想叫你温比亚
留住台风中的一条街

2018.8.17

六朝皇宫

关注一只鸟
和转发一只鸟有什么不同
我在窗前做扩胸运动
一只鸟踩着风
停在一棵树的顶端
这是九棵雪松中最高的一棵
高过我，与我所在的位置
隔着一扇脏玻璃
外面在下雨
正在拆迁的一所小学
拆着拆着拆到了六朝皇宫
黑色渔网下
一个眩晕的大坑

一截潮湿的木头

一颗钉子在雨中发亮

一只鸟俯冲过来

又快速飞升

从一棵树到另一棵树

最后停在树梢

一动不动

像人生的某个瞬间

一种立体主义者的错觉

被层层看穿

我随手拍了几张照片

匆匆下楼

细雨中的花香

带来黄昏的气息

我停下脚步

翻翻手机

发现雨中那只鸟

根本不存在

2017.12.6

落地窗外的新街口

上午多么安静。宽大的落地窗外的新街口

厚厚的中空玻璃隔开喧嚣

一张脸被带入不同角度的街景中

依次是天丰国际

图书发行大厦

华泰证券

天时商贸中心

靠得最近的

几幢红色公寓的深色背景

三楼以下的悬铃木

过了飘絮季节

青石街还在打喷嚏

稍远一点
天丰后面的墨绿色老楼
三十一层，歪脖子楼顶像个邪头
那年冬天。很冷
我在楼顶上走来走去
给她打了很长时间电话
劝她千万别想不开
千万别干傻事
千万别往下跳
直到手机没电了才发现
楼下麇集了很多人
红色消防云梯
朝我喊话
意思是
千万别跳下来

2008.7.23

中山南路

悬铃木卸下一条街
整整一个夏天
光芒四射的语言

诗歌的戒指
戴在她无名指上
那是她初恋的银行

蒙面人取走了
冬天的最后一枚硬币

树杈上的月亮

2007.12.15

什么样的姿势是最舒服的

十月的肩周炎

辗转反侧

重复推开门窗的动作

有人在窗外垂钓,谈论爱情与烧烤

什么样的姿势是最舒服的

穿城而过的水

流过漫游者的睡眠

什么样的姿态比在城外

随便走走更舒服

更接近自由。

在锦溪,我找到了那些古窑

在金砖上

刻下你的名字

          2018.10.24

虚无的力量

我要造一艘大船
我要在海上遇见你
遇见海伦
拜伦和雪莱
为什么不是丽达与天鹅

一种神秘的降临
出现在燕子矶
偏西北方向的江面上

为什么不是英吉利海峡
冒着白烟的十九世纪
轮船上的少女

手捂着胸口，梦想着海盗

为什么不是李白杜甫
陶渊明
采菊东篱下

如果那是一种光
如果这种光存在的话
请赐予我
虚无的力量

2020.9.4

在甲板上

托尼也是醉了
它从窗台跳到书柜
又从壁橱空降到我椅背上
刨我的肩膀
我肩上有什么秘密
被伤到了
仿佛伤到了
和我不相干的人
几个小时前
我从江边回来
春天已走远
一把青草
带给它贪婪地啃啮

打嗝,吐出一摊绿水

再次起飞

撞上吊灯

整个客厅在摇晃

像昨天

在甲板上

窗外一艘大船

无声驶过

      2016.4.12

齐腰深的下半夜

开闸放水的声音
垂直,突兀
混合着一支安魂曲
一只灰白的、幼小的飞蛾撞上了
窗口的纪念日
似乎在其中
听到自己的声音

我的声音。彻夜难眠的涛声
给下半夜带来
空阔的落差
空阔的存在
与虚无
来自对岸

塔楼里的灯光

从内部观察到的事物
杂草丛生
我努力想象
大海静止的时辰
堤岸上的三个房间与一个人

在发生转折的地点
突然转身。

2001.7.6

你的名字

纱窗半掩
挡不住雨打芭蕉
但我不会告诉你差一点
脱口而出的下一句

我又看见了水塔
雨雾中的半个字
你头像上的半边脸
抱着琵琶

其实和琵琶无关
仅仅是个比喻。仅仅因为你喜欢
或者曾经喜欢过

塔身上的字句

斑驳得只剩半个字了

犹抱琵琶的女人

除了她，必须是秦淮河

古老唱腔中的标志性建筑

旧首都的偏旁部首

被遮蔽的部分

它的完整性

风景的这一边

不可能是某个字

也不可能是你

此刻正有一只鸟

在你站过的窗口

收拢翅膀

2018.7.9

尤其是端午节

尤其是端午节
我深深厌倦的那种陈词滥调
又开始刷屏了。它们沿钱塘江、曹娥江、汨罗江
溯流而上,说五月初五是祭祀的日子
一个有毒的恶日
只能互送安康
而不能说节日快乐

在我记忆中,端午节是快乐的
快乐的打开方式,先给粽子松绑
剥离它的文化外衣
让粽子回到糯米
让糯米回到水稻田

让水稻田回到乡村叙事

让菖蒲、艾草、粽叶

回到河、湖、港、汊

回到我老家九龙口

九条龙汇聚的芦苇荡

父亲的夜航船

那年端午节

我把我们家最值钱的家电

一把手电筒弄丢了

童年清澈见底的记忆

湖水中的一束光

至今亮着

      2018.6.16

故土

家乡的一些老脸

出现在苏北灌溉总渠

那里的草很深

他们躲在路边的沟壕里

一只空酒瓶的咳嗽

像一串水漂击中童年

一部分死亡记忆

但你并不知道对岸焚烧的谁的葬礼

收割后的田野

烟雾自刘庄弥漫到县城

二叔很受伤

没人知道他伤在哪

惟有酒中

铁锈的味道

推土机的气息

一把镰刀最终原谅了

倒下的老房子

       2017.7.31

废黄河

小时候去外婆家

过废黄河

兄弟姐妹风大浪急抱成一团

梦里时常出现

一条破船

2018.8.24

卖花姑娘

农忙时节
老师带我们到十里铺割麦子
我领她去小河边
父亲的诊所

打谷场上的露天电影
从银幕背后
看到了
卖花姑娘

老师眼睛里的麦芒
在十五瓦的灯光下闪闪发光

她至今还记得
我父亲的眼药水

收割后的田野迎风流泪

    2017.11.23

失重

障碍无处不在
中午骑小黄车的人
想起自己
一生的错误
体重突然变轻

潜伏在路边的哲学问题
在飞翔中触及肝脏
一根稻草
紧握在时间之手

猝不及防。疲劳像一座垮塌的桥
骑着床单飞跑

太夸张了

他在渣土中

找到一个词

一种真相

所有死结的打开方式

      2017.7.29

障碍

爱情可以消除眼袋
也可以让眼袋更沉重

路过菜场
昨夜的半杯咖啡还在眼袋里晃荡

想买两根黄瓜
却被一条死鱼拎着

2016.3.12

大海与空枪

1

今夜　八百里以外的月亮
抬高我们的视线
黑色的闸门
横在海湾与运河之间
一个手持空枪的人的出现
像一个危险的譬喻
接受意义不明的派遣

老式吉普车穿过渔港小镇
带走所有被封锁的消息
我们无法揣度

月光下的漂泊物

是往事本身

还是匍匐者的幻象

2

记忆中出现虚光。海面上

灰白色气流呼啸,拍打着翅膀

大海的口令高过屋顶

参谋官的喊叫

如此近距离地触及肝脏

他在屋顶上倒立

雨雾裹着汽笛

高高的桅杆上,打渔人的唱腔

掠过椋鸟神秘的飞翔

那些炎热的

土红的颜色滚动着

溺死者的疯女人一丝不挂
在白天点着灯
"为了区别
与你们看到的不同"

3

荒凉的灯塔，连绵的海埂
休渔期
码头上倒扣的船
在叮叮当当的敲打中
徒劳地守望

当地邮差的女儿
倏忽消逝在街角的时光
短暂，狂热，为军规所禁止
整个雨季
他们躲在信封里

但无法躲避九点半钟的父亲
他所盼望的
也是他羞于面对的
老邮差的脸
有黄雀的表情

4

雷声隆隆。石头在海面上滚动
堤岸上的树木
刷上了石灰的地段首先坍塌
必须在洪水来临之前
走出泥淖
光荣由此开始
光荣随时都可能发生

广阔的低气压
混合着盐味和水草腐烂的气息
所有跋涉，越陷越深
越陷越深的

一种睡意
比海风更强劲
比荣誉更像一种惩罚

突然降临。双手深深的插进泥土
荆棘
他看到无用的诗歌
倒在意志的斜坡上

5

卧倒，侧身运动是一种匍匐
闭上眼睛，从树叶上起飞
是另一种匍匐

穿透肩胛的往事充满了
水气、尘埃和矛盾
在改为民航的军用机场
在类似死亡的一刹那
目标终于出现

他手中紧紧攥着的

钢铁的枝蔓

不过是一杆空枪

                    2001.6.12

大雪的日子

如若饥饿的天鹅

忧伤的天鹅,送来诗歌和棉被

天空的羽毛塌下来

留在天桥上的尖叫,灵魂啊

灵魂。在东宇大厦二十一楼

在想象中,玻璃粉碎,我在飞

并非是出离愤怒

升起草木深处的幻觉

草木深处只有我和你知道的

明孝陵的一小片翅膀

突然出现的断头路

好像在哪本书里见过

我向甲虫打听他妹妹

记忆的链条卡在卡夫卡的齿轮上

退回十年

回到小木屋关机状态

一把斧子神秘归来

因此我的床头有破冰的气息

渔火的气息。昏昏欲睡的年代

两次梦见同一条河流

同一只狮子

顺流而下。什么样的季节

雷鸣刮擦着雪花

同时到来

　　　　　　　　2005.12.26

辑六　膝盖以下的反光

春天

春天在风筝线上奔跑
在花丛中反复推敲
并纠缠于樱花的不可替代性
一首诗的庭院有多大
能装得下几个春天
有没有更合适的词
脱去冬天的羽绒服
最早穿上小短裙的是白玉兰
空气中的许多花瓣
每一瓣都很大
和她们一起植树的时候
植入一些物种、字句
一些意义不明的

斑驳的记忆
失而复得的花园
我要把院子打扫干净

2019.3.17

想起你

半夜被热醒
而四肢是凉的
尤其是小腿
膝盖以下的反光
你是我所有冬天必须经历的
一场大雪
我们在雪地里等车
天黑下来
而大地明亮
四野迷茫

2020.12.1

鱼腥草的味道

这么好的天气

真想说声谢谢

但我不知道谢谁

谢谢你,快递小哥

谢谢远方,赫尔辛基邮件

脱口而出的鲸鱼

找到了自己的语言

我的白色T恤挂在树上

树叶哗哗作响

但我并不急于离开

水边的阳台

水边树影斑驳的

一个人的诗集

一片片叶子色泽青黄

为什么不是金黄

台风经过的水域

鱼腥草的味道让人恍惚

我想让你

和上午的一部分

继续飘一会儿

      2017.11.8

窒息

从外面回来

一直觉得房间里有一条鱼

张着嘴

在生自己的气

或者房间里

肯定有另一个人

无声无息

无意中暴露出

鱼腹的内心

秘密的牙齿

和嘴唇

让人透不过气来

2021.5.27

马群

我要把无边的浓绿搬到马群
搬到你身后
台风经过的地方

空气中游泳的力量
沉醉的大象
梦见孔雀的舞蹈

你的呼吸
我不能自拔的热带雨林

2018.12.29

上海

小阁楼上的飘窗

寂静中的耳鸣

我很怀念对面弄堂里

出来关窗的女人

谍战片一样的眼神

老式穿衣镜里的惊险一瞥

听到咣当一声

短暂的对视

雨中的猫

和移动的花盆

2021.1.10

涠洲岛上

雷声在天空敲黑板划重点
一道闪电,刷刷刷写下几个字
很潦草。但我看到了
一座小岛
儿子拍的作业

春天了。我们来谈谈读书
考研、拍片和驾照
电话那头嗯嗯嗯
并不知道南京的天空
黑板上写的是什么
我也不知道

我说南京下雨了

电话里有雷声。他说听到了

我说明天惊蛰

惊蛰就是……

话到嘴边一阵沉默

问他岛上生活。吃得如何

很好。他说。明天要去侨港海滩

和食堂师傅一起

到码头上买一些海鲜

这里的生蚝、扇贝

一点也不便宜

但是没办法

我们聊了一会儿天气

闻到一股鱼腥味

刚想说惊蛰

他说岛上信号不好

其他都好

这是二〇一八年三月四日

白天气温明显偏高

傍晚开始下雨

伴有雷电

我这边的雷声还在敲黑板

他那头的信号

已然在石鼓路小学

打呼噜

不知道是不是装睡。

2018.3.5 惊蛰

连线

拔牙的时候

有人举着手机

现场直播

龇牙咧嘴的7号椅位

麻醉师对着镜头

嘟哝了一句

杀伤力很大

我想说我有那么老么

但没说出口

被麻药冻结了

视频连线的另一头

错愕的表情

快速切换

移到口罩后面

另一种时差

另一张脸

        2019.11.18

星期一

"四桥上空飘起了雪"
这是我刚刚在微博上看到的
一种莫名紧张的情绪
带我到阴霾笼罩的细雨中
我要去看医生
在跷跷板上
练习平衡木的人
为什么没有摔下来
我对星期一的恐惧由来已久

2019.11.25

上午的一些想法

有时候我们在外面转悠
隔着黑色的栅栏
把鼻子和脸送过去
歌手们全都闭上眼睛

唱了三十年的一首老歌
上午的阳光像一把折叠躺椅
我躺在上面想像
我与世界的平行关联

活着就是不用担心
晚上躺下睡到第二天自然醒
有人打错电话

问爸爸有没有好好吃饭

这个月的最后一天
需要做些什么
我拿起手机很快放下
并打消了一些愚蠢的念头

      2019.10.31

春风杨柳

春风杨柳

牵着手

在水边拍照

刚刚知道乌桕和结香

就有人说

等你长发及腰

2021.2.21

正月

正月如此脆弱

一些人

来不及冰冻三尺

雪就化了。前几天雨夹雪

这两天似雨是雪

飘呀飘的

路过国府大道

你滴也滴不完的发梢

东风解冻散而为雨

雨是冷雨。但我知道你不在雨中

在雨水节气

一首老歌中提着花灯

今天是正月十五

再过几天
花就要开了
我知道花开了
我错了
这不是爱情

                      2019. 2. 19

桃花雪

三月,百花盛开
心绪不宁,从音乐台到南农大
三号门
三点九公里
说好的
十里桃花
下雪的时候
你在哪

      2018.3.7

雨花台

群鸟高飞。绿皮火车的声音
长久回荡
像一支队伍
横贯烈士陵园上空
纪念碑的塔尖

2019.8.25

白发返青

我在阿勇理发店
外面在烧钱
群里说今天要去墓地
墓地很远,又很近
就在微信群里
我们说的每句话
母亲一定知道
遥远记忆中的一把剪刀
从兄弟几个脑袋上
薅下一绺头发
放进母亲的墓室
转眼二十八年
每逢清明节

白发返青

从墓地里长出来

湮没故乡

广大的田野

2018.8.25

（农历七月十五中元节）

我所赞美的事物

我喝绿茶
看着几片叶子
往下沉
再往下沉
茶是一种叙事方式

从她草绿色外套
开始的时间
坐在油车水库的舌尖上
喝茶就是在场

在别处遇见
山中几只透明的杯子

2018.4.29

数药

天气不错

我开始数药

数着数着发现星期四

也就是昨天

忘了吃药

昨天发生了什么

有什么事情

被忽略了

鲁迅是不是

曾经说过

她是无辜的

以及药不能停

2021.1.15

她们几个

她们几个在说 5.20

和二十四节气小满同一天

两块钱都没抢到

各种吐槽。我看不下去了

发了个小红包

703 立马活过来

说打个盹儿的工夫

错过了一个亿

真有个叫小满的女孩

在群里卖萌撒娇

说不幸被言中

群主钱包里只剩 5.20 了

她们抢了 1.36 元、1.21 元、2.63 元

三个表情包。抱头痛哭
"你这个不对呀
怎么中间多一点"
不等我回复
小满说明白了
代表我爱你多一点
这是我没想到的
小满真是个聪明人

        2020.5.20

粤语歌曲

没带伞的南方
在屋檐下喝酸奶
想标题。想起某年某月的某一天
两张脸
也都没带伞
这是往事

淋湿我们的
是一首粤语歌曲

        2017.11.22

谷雨

谷雨当天
去宜兴的路上
布谷鸟一声接一声
在有芦苇的水边
白衬衫
朝我挥手

也可能我记错了
也可能是草绿色
那时她还是军校生
里边是白衬衫

外面是九零年代

草木茂盛的青春

绿皮车

一去不回头

      2018.4.20

立夏

春天如此短暂

看看窗外

清水洗过的河滩

来不及翻译的

水边的房子,街道,商铺

叮当作响的南方小镇

缠绕如青藤

和蔷薇的爱情

那么多碧绿的青草

在水上漂

船过南长街

一盆清水里的

苦艾和鸡蛋

仿佛已是旧梦

布谷鸟

在自己的叫声里

打听你的消息

      2020.5.5

七月

七月的最后一天
该有一扇怎样的窗户
在眼睛外面
你的出现
带来一些想法
我将横放的梯子
立在围墙上
看上去像我刚刚写下的句子
拾级而上的某个事件

2020.7.31

八月

你看到的是倒立

红的很红,黑的很黑

红与黑,肯定不是我想说的

难道我想说

拿大顶看世界

你的脚印

留在我们头发里

      2019.8.24

九月

九月,在半人高

也许是更高处弥漫的气息

金桂飘香

但离秋高气爽

至少还有

两三站距离

需要站稳扶好

这短暂的眩晕

让我想起居家养老

蟑螂的尖叫

莫名恐慌

尽管我知道

自己并没有做错什么

                        2019.9.6

天空美术馆

八月的天空之城

黑色的柱子上

有很多熟悉的名字

在走廊上传递天空的空杯子

失重的杯子

和美好的祝福

认出我侄女的小孩

在云端里吹蜡烛

唱生日歌

有一点点科幻

与画展无关

2020.8.16

鸟在阳光中绕毛线

我所知道的秋天
从昨夜的半杯咖啡开始
天亮前的猫叫
憋足一泡尿
在玻璃上擦着脊背

我给它开窗
让外面的老鼠
一首晦涩的诗歌进来

我出去
被一只鸟看见
鸟在上午的阳光中绕毛线

2018.8.28

叶辉的房子

诗人叶辉的房子
在美丽的石臼湖边
临湖的一面可以折射
碧波荡漾的天空
可以让鸟迷路
撞上来，正好被我看见

但我也怀疑。有没有这样一种鸟
像宽大的落地窗前的
诗人那样洞察
白云悠悠的镜像
语言内部的玻璃幕墙

我这么想着
两只鸟,由远而近
撞过来的时候还在叽叽喳喳
完全听不懂它们的鸟语

但谁都听懂了
后面的惨叫
我和叶辉跟着啊了一声

                        2016.4.5

放羊的孩子

我喜欢每月的第一天

最后一天

上游或下游

水中游走的白云苍狗

放羊的孩子握着水淋淋的树叶

在沙中找到父亲

2018.6.1

问刘十九

去年小雪

在无锡。想起白居易和刘十九

两枚老友。终于联系上

自然要问刘十九

能饮一杯无

电话那头笑个不停

他们两个

一个在洛阳

一个在洛杉矶

聚不到一起

只能云喝

那天中国农历节气小雪

也是西方的感恩节

天阴阴的

真要下雪的样子

我拖着拉杆箱

在路边干了

两支二锅头

然后打车

不停地改道

司机一脸蒙圈

问我去哪

到底是南站

还是机场

2019.11.22 小雪

送别

寒冷自脚踝处升起。

你的脸夜幕降临。
即将开始的告别已经开始。
有人在地铁口
写下"死亡,
甚至不是死亡"
是雪崩前的聚会

一次票决。一些人收拾行囊赶赴会场
一些人在发生转折的地点
突然转身
长久地凝视

正在下雪的天空

一些没被说出来的话
差点脱口而出
但最终选择沉默，

如同这一年
口罩后面所有的日子。

2020.12.31

说再见

外面在下雪
脑子里在说话
说再见,意识很清醒
外面肯定在下雪
我肯定听到了
啪嗒一声挂掉电话的声音
那种老式摇把子电话
在很远的地方
遇见和你说话的人
说再见。此时我应该在造船厂
传达室外面雪越下越大

2018.12.9

伟大时刻

这是榴莲、稻谷

和阳光的节日,鸢尾花与向日葵

从天而降的伟大时刻

稻草人的祝福

如同回忆大地的装置艺术

为什么会有泥土的味道

机器人开口说话

中心广场上全是人

梵高坐在大型农用收割机上

2019.10.2

读首诗再睡觉

赵老师说,读首诗再睡觉
我说好。我们开始读诗
事实上是在说话。湿漉漉的街道,树木
和睡觉无关。我说读首诗再睡觉
说完这句话,赵老师不见了
一种很不好的感觉
让我转身。我无法解释历史的隐身术
扑面而来的是什么
晚风中的一条街
一层层亮灯的窗户
仿佛河水倒流
我向一位姑娘打听
给她看我手中的地址

我的手，不——

准确地说应该是她的手

攥住我左手按在她的胸口

说我知道你找谁

风一样的姑娘

拖着我的身体奔跑

差不多已经错过了要找的地方

一面透明的玻璃幕墙

看见一张马脸

幽暗角落里的酱紫色大缸

里面什么也没有

但能感觉到

有什么事情正在发生

我们的老朋友瓦兰

躺在三轮车上。郁郁寡欢的样子

看上去比我沮丧

我将一份清单揣进怀里

问他赵老师哪里去了

他说死了。前天晚上死的

奇怪的是我一点也不感到惊讶

我们在马路边抽烟

用战争暗语谈论眼前的处境

已经不记得春天

梧桐树的气息

正在消失的联络员

曾经带领大家躲避空袭

反复出现的镜头手捂着胸口

多么熟悉的场景

美丽的白芦花

被打碎的晨星

在浩荡的江声中

穿过一发子弹

南京南京。我不能确定

那时候的南京

根本就没有我

和赵老师什么事

2018.6.10

八声甘州

警报声抬着黑色担架
向城外奔跑。空袭后的枪声
火光。天色晦暗
我问身边的人
现在几点了
现在是几点了
我试着从担架上起飞
奇怪的是我很轻松
大河之上,村寨之上,城市上空
风声像遥远的呼噜
又像一个人
和另一个人,听上去像是
在和政委打招呼

我让他别说话

我请求迎面而来的恐惧

迎面而来的百子亭

降低高度

脚尖碰到了钟声

钟声在扩散

有几辆灰色的铁皮车在逆行

有几口红色棺材扭来扭去，汹涌，无序

依山起伏

一种隐秘的激情

如一种召唤

汇合于隧道口

巨大的明亮

吃玻璃的老人告诉我

下雪了

这里是八声甘州

2009.1.13

辑七 和父亲说话的人

己亥年

最安静的一个春节。

立春与除夕
同时穿过空无一人的大街
空无一人的水稻田
祝福你
新年快乐。

      2019.2.4

己亥春节纪事

乡音多么亲切

乡音多么难听

乡音中，时间炸裂，口吐烟花

噼啪大作的鞭炮声

强力切分猪年与狗年

一条河的两岸

大丽花盛开在天际

九十三岁的老父亲像个小孩

己亥年第一天燃放鞭炮

手忙脚乱摔了一跤

胯骨碎了。在外地过年的兄弟姐妹

闻讯千里返乡直奔医院

父亲躺在骨科二十九床

如同适时睡醒

睁眼第一句话问起马克

还在美国吗？似问非问

继续闭目养神

我们在一边讨论

麻醉师的建议

手术的种种方案

一位中年妇女自称老蔬菜

详情描述与我们家的邻里关系

问老爷子是否还记得

朱铁匠家的大闺女

父亲说发财了发财了

也是答非所问

谁都知道的潜台词是

不认识人了

年轻的护士小姐

在父亲手背上寻找血管

如同寻找干涸的河流

我们沦陷的故乡

眼前一再出现父亲年轻时

弯腰穿过战场

躲避炮火的身影

想起昨夜回来的路上

老解放区阜宁县境升起烟花

旷野上

突然绽放的黑夜

璀璨而寂寞

      2019.2.7

初春

小县城的初春
一百只或者更多叫不出名字的鸟儿
一浪接一浪地俯冲
悬停与降落
突然靠近县人民医院十楼

整整十天
我抽烟。它们在门诊楼上空盘旋
意味着我所在的位置
有相应的高度
比较适合思考人生

我相信鸟看见了

住院部楼梯拐角处
一个人在抽泣
一个人从黄昏的太阳里走出来
玻璃幕墙的反光
停在他脸上的一片云
如同回忆
如此寂静的
瑟瑟发抖的春天

悬于空中的某个点

2019.2.16

和父亲说话的人

院子里响起哀乐。猫在某处
在楼梯拐角处。蔷薇和树篱间的惊恐一瞥
刻录下死亡的绿眼睛
闪过迟疑。很快就有邻居围过来
"前几天还在说南方的事
怎么说走就走了"
周二爹扶着冰棺,佝偻的后背
对兄弟几个说:"脸色一点没变,还是老样子"
同样的话,滞留在空气中
如哀乐,循环播放,门外的脚步停下来
看看花圈上的名字,如此缓慢的
重复的必要,在重复中
确认父亲的眼神

在阳光下辨认，围过来和他说话的人

从巷口到灵棚，花圈的分列式

绕不过去的生老病死

死是活着的一部分

亲戚朋友的吊唁

更像是叙旧。烛光。纸钱

火盆里的灰烬。邻居们说什么也听不见了

假如能听懂，会不会脸红

父亲是个木讷的人

一生少量的几个词，在他的工具箱里

听到消息时，我想起他的名言

"睁一只眼闭一只眼"

看到他口眼紧闭，安详的样子，我放心了

一生修桥辅路，为人造屋

一生的高度止于脚手架，而接近天空的瓦片
　和屋檐

九十三岁的脚手架轰然倒塌

守灵时我在手机上记下这句话

当然是个蹩脚比喻

与死亡相比语言是无力的

据说父亲临终前自拔针头拒绝挂水

说在喝酒，让我喝酒

怕人听不懂，做了个干杯的动作

应该是已经过去了

在另一个世界，酒逢知己

分不清离别还是相聚

白天也可能是黑夜

换一个地方，继续吃饭、睡觉

夯地基、盖房子，大半辈子用瓦刀说话

晚年突然宏大，不着边际

从建筑到上层建筑

几张老脸认起真来像瓦刀一样

面红耳赤，谁也说服不了谁

说给自己听的幻觉

反复出现的送葬的队列

如同转场，生死不过是一个工地

赶往另一个工地

雷声也可能是打桩声

闪烁的彩灯，映衬着守灵人苍白的脸

玻璃罩下镀金的底座亮如镜面，从父亲脸上

我看见祖父、祖母

和我母亲，宽容一切的目光

融入漫漫长夜

三十年前母亲停榇的地方

同样在老宅的堂屋

同样的地方，也是祖母的灵堂

也是我童年少年时的鸟巢

门檐上挂着有线广播

小喇叭镶嵌在油漆斑驳的木盒子里

无端地想起骨灰盒

不知道谁死了。那天阳光明媚

父亲拎着石灰桶，我背着书包跟在他后面

因为考了一百分，父亲说要奖励我一根油条

　两块烧饼

因为不知道谁死了

小木盒里的哀乐让人沮丧

我没敢问大饼油条的事

天下父亲总喜欢心忧天下

饿着肚子上学这样的事是可以忽略不计的

事实上不是这样

两节课后，他的徒弟小周

也就是现在的周二爹蹬着快散架的二八大杠

叮叮当当地送来一碗小馄饨

我认出了父亲的餐具

大茶缸上的工农兵

眼泪簌簌地流下来

二呆子看我哭也哭了

问我某某某是不是真死了

此时我们在操场上听广播

他下巴上刚刚长出来的几根胡须

看上去比我忧伤

我无言以对

成长多么缓慢

而衰老如此迅速

死亡的深呼吸

是水晶棺的电流声

压迫黑夜的神经

我裹着被子,蜷缩在父亲的记忆中

半梦半醒,也许是幻听

和父亲说话的人

突然停下来

几近无声的低语

消失在天边的打桩声里。

       2020.4.27

赵五娘

吹唱班的人
围坐在花架下
第一天放哀乐,吹唢呐
第二天戏曲清唱
唱的是赵五娘
赵五娘命苦
但与我父亲无关
我父亲口眼紧闭躺在冰棺里
手持麦克风的女人
头上包着白布
且哭且唱,亲爹啊
有一点点刺痛
老父亲九十三岁

按当地人的说法

也是喜丧了

眼泪还是止不住地流下来

不记得小时候

是跟父亲还是母亲

去看舞台上的赵五娘

老戏迷谢幕了

代替她哭的人

沙哑的女声

让死亡像正在排练的一个节目

白衣飘飘的灵魂

混合着紫楝花的味道

她是表姐从窑湾找来的

女人抹眼泪的时候

我看到她的脸，是真哭。

2020.5.5

挂故事的钉子

父亲走了。带不走的一根钉子

当啷一声从骨灰里跳出来

司炉工随手捡起

很快放下

像是被烫到了

在场的亲友面面相觑

火葬场一片寂静

口罩后面

兄弟姐妹们

谁也不愿意说穿

它的来历

支撑父亲到最后一刻的

生命中的钉子

烧焦，变形
自动脱落
仿佛火箭升空
发射架坍塌
冷却的钉子
安静下来
出现在夜晚的讲述中

      2020.7.29

从反方向抵达

月亮在树梢上移动
预示着明天是个好天气
不用担心父亲在路上遭雨

剩下的几个小时
从老宅停棺的堂屋,到殡仪馆
最后是骨灰盒
我们把父亲送到母亲那里
两手空空回家

如同幻觉。从反方向抵达
当地古老风俗的来路
已经回不去了

父母在，家是两棵老树
不用担心门前屋后长出来的
兄弟姐妹
会被连根拔起

父母到了月亮上
家就是七月半，与中秋节

清明节，家
在树梢上移动

任何一个日子
有没有月亮都可以想象

那里曾是我们的家

2020.5.7

辑八　九十年代

九十年代

九十年代写过薰衣草

我并不熟悉的普罗旺斯小镇

一首诗的诞生

几十年后恍若隔世

谁是那个面目模糊的人

领着我

在大雾中穿行

谁在我背后

也许在我前面鲜花盛开

那是一个春天

但夏天已经不远

我和靳继红

沿通榆河大堤

一路尖叫
我坐在她摩托车后面
那时她的腰
多么适合搂抱

      2018.12.5

黑伞

坐在别人的房间里
分析雨季这把黑伞的结构
穿过走廊,有一丝女人的长发
被你当作一条线索追上去
没有空白留下
那种感觉抵达指尖
二十八年了。沙特的屋顶总是漏雨
黑伞撑起所有的日子
不知道从左手换到右手
需要几年时间
一张纸片落在草坪上的声音
使我想起你
想起当年的诀别

伞上的雨水滴滴答答

在地板上

你忧伤的眼睛

移向栅栏外的泥泞

　　　　　　　　1989.7.12

中国文化

穴居的人在梦里找水
在没有水的石头里发现火
就是水
就是剔净一匹马的骨架
就是沙土混浊的肚皮
摩擦河床的快感
那时我的鬃毛远在时间以外飘扬
当太阳被空旷的睡眠惊醒
城市尚未建立
古人类还在上游冲动
就那么一次遥远的相遇
使河流改变了方向
使祖国怀上了文化的孩子

我的鞋子
所有的走动
都被文化咬住

                                1991

屋里的猫头鹰

依旧是夏天
猫头鹰的一天
几乎所有的夏天
都是同一天
枪声惊醒的最后的地面
地面站起来了
每一棵草的
笔直的呻吟
都把镜子擦亮
镜子与镜子之间
你的手和腰
放慢速度
凝视如临深渊

有几只黑色的山羊
啃啮着挂历
惠特曼的草叶
惟一的夕阳中的风景
在我和你
逝去的一切之中
走过骆驼
神秘的剪影
时间就从窗外伸进直觉
使我不敢相握
五根冰凉的手指

1990

红葡萄藤

雨季过后的门窗
错开的路面当中的
一个红色空洞
在书架上，罗伯-格里耶的小说中
到处都是红葡萄藤
我憋足一口气
从水底下钻上来
和他们站在同一级白石阶上

那时年轻
候鸟的天空
还没有被猎手揭穿
行道树还在风中等我

我们离开家园

把身体漂泊成流水

浮起手指间的船

要找的人早已入土下葬

走廊尽头的马鬐头

有我祖父大麻的味道

我们都很怀念

蓝胡子深色背景前的微笑

在嘴角紫黑地悬挂着

古典爱情

你忧郁的长发

比一年还长

所以

我的围墙坍塌了

就在雨季

我注意到那些石头的叶脉

深藏着的四肢

手从她们眼睛里伸出

像早期黑暗的舞蹈

我摸到了天空

细长的缝隙

一个女人裸露的胴体

贴窗而立

你看到了什么

这一刻

我举目无亲

1990

意义

躲开语言的种种假说。在大厅之外
痛哭

这秋天的章鱼。
古老的河床辗转反侧
左边伯利恒,右边耶路撒冷

没有内容之外的图案
在地毯上,
在约旦河西岸

被你遇见。

我把一枚风化的硬币抛进河里

它画出了

某个事物的边际。

1990.11

高原上

我已双膝着地
在五月还来得及呼救之前
在灿烂的荆棘丛中
命运单纯的树叶
让我止步,让我蹲下去
我什么时候学会了
呼吸虚假的空气
守望中家乡的玉米已经拔节
我带着永久的哀伤
离开了格桑花
美丽的蓝色高地
心在唐古拉开花的斧头
还在灰烬的杯子里

这一刻我是多么无辜

我不是给你下跪

我只请求天空

别把绿和叶子的血脉分开

别把我和你

真实的呼吸分开

1991.5.22

瞬间

穿过的鞋还在那里走动
或自以为在走动
表示曾经爱过
最好的季节已经过去
没有更遥远的脚步跋涉记忆
在那片深水区域
鱼群与阳光
对称草的信念
宁静在宁静的栏杆
弯曲之后
人是自己的椅子

1991.2.1

南京

大桥下的察哈尔路
向东还是向西
我无端地想起哈姆雷特
最经典的那句台词
我拿不定主意
是否要横穿马路
四月的阳光一阵虚弱
突然在马路中间停下来
车辆急遽地掠过
既没有从我身上轧过去
也没有停下来的意思
城市呼啸的车流中
我孤立地坚持着

2001.5.25

光线

中午时分。我经过倾圮已久的废墟
那些飘忽不定的身影
玻璃和铁器
树篱间的尖叫像幽灵
远远地看着我
这是我在其他季节看不见的
一种惊悸和笼罩
移换着光明
杂草丛生
我又看到了那双绿眼
热铁皮屋顶上的猫
逼视着天空
劳动者的号子
它们比太阳更炎热

更直接地刺痛我
夏天的呼吸
我想起了海里的鱼
和八月的草原
仿佛是有比一匹马
被自己的想象所左右
更加不幸的事情似的

                           1991.9.3

七月的最后一天

吹箫人远去。太阳沉落的声音
还在廊柱下晃动
就是这些破碎的灵魂
让我们看见洪水的时间
欲望的时间
留下雨中的马
在我们周围走来走去
我们相对而坐
衣褶间横列着无数颗星
这七月的最后一天
头顶上满是明亮的指甲凋零
你抽回手
也将迷离地远去

因为排箫在吹

雨在下

影子在拉长

无人的旷野上一片呜咽

      1991

蓝字已经很陌生了

蓝字已经很陌生了

赤野千里的地方

一条大路向西

汇合于母亲的招手

家在树梢上移动

那提前到来的日子

如同思乡的月亮

从水的根部升起

迎面就是圣洁的蓝字

我的静静的表妹

一支粉笔曾在玻璃上涂抹

时间的另一面

是望出去的目光

大路上尘土飞扬

1991

音乐

一排排日子的和声沿河排列
你就在那棵树下飘动
青菜的面孔
我生铁般的作文

所有的哲学都很遥远
城市的地缆
呜呜地闪着蓝光
我知道怎样保持那种平静

我知道山毛榉的天空
飘满干草的大地上
我的人民是我浩大的背景

当少年的回忆滑过嘴边的骄傲

转眼就是冬天

那提前到来的日子

还在等待吗

          1991

记住我

记住我,就是记住风
以及风所携带的花香鸟音和语言

记住我,就是记住天空
闪电和鹰
五月白银的长剑——

命运最初的伸手
一块滚下山坡的石头

记住我,就是记住绳索
船队和帆;有人在隐形的渔火旁说话
风是风,大海是大海

记住我,就是记住羊群和信笺

长长的夜路

追赶我们的足迹

记住我,就是记住故乡

细柔深长的呼吸

手指间的呼吸

惊醒钢琴的睡眠

记住我,就是记住你

没有危机和忧伤的草地

记住爱情

诗歌干净的房子

1992

玫瑰之名

七月一朵玫瑰
对称着死亡
走廊连着走廊
黑色的走廊对称着白手套
的快速反应
没有撕咬搏斗的痕迹
门窗完好无损
轻轻捏过的液体放回光中
光是七月的指纹
惊险的取证
一丝悬而未决的头发
穿过杯中的时间
液体被保持

度数早已走失
死亡的第三只眼
窥视着杯中的残余
玫瑰的中心

      1993.3

涂满星光的嘴唇

透过许多青蛙汇集的喉咙,黑夜鸣叫着
刻在石头上的名字

生者的名字,死者的名字
没有名字的名字——石头为何战栗

谁在钟声里逃逸
在大地的风声里变成遗址

长长的名单,来自每一片树叶
并不按姓氏笔画排列

星光的长河里,谁在告别,谁正离去

夏夜的脸湿漉漉的

蛙声。蛙声。这大地隐秘的激情
为什么让我们怀念

       2001.7.4

现在

要让过去抬头
要让过去仰望太阳
要让太阳眩晕然后倒下
或者欲倒不倒
一只手在阳光中
布下过去的
五根断指
是五件尚未过去的灾难

1996

箴言

我得了你说的那种病

我就是在大雪中游荡的失常的比喻

我看到夜色如狗

叼着乡村这只草鞋

潜入帝国的东端

谁也说不清楚他的真实身份

只有普遍的大雪

和我们无助的内心

昨天萨克斯手来信说

战争结束了,救援还在继续

而大雪封锁了江面

而被大雪封锁的

医生、马匹,武器和船

在彼岸灰白的时间里
笼罩我荒诞的一生
我们默默地继承
默默地回到方言俚语
拾到种子的人
自己变成了荒原

1996.1

焚烧

烟雾从乡下弥漫到县城

暮色中的国营旅社

浮动着烧焦的味道

楼梯拐角处,拖把,铁皮柜

热水瓶上的编号

两只拥抱的木椅

模仿人类的姿势

倒置在背光的侧面

夜晚的全部问题

被烟雾困扰,已经三天了

卡车司机还没露面

黑白电视的满口假牙

荧光闪烁

多么可怕的事情
驴开口说话

他在廊檐下走来走去
徒劳地
猜测。等待。一个女人
张开的嘴唇。让他在异乡的逗留
更像一个借口
来自他自身的烟雾
在额头上燃烧
一条街在上升,扭动
山体滑坡的消息

很显然,新来的人谈论的
是另一件事
写到四分之三的纸页
目击者还原的全部现场
包括沙发上
来历不明的睡衣

被一阵风卷走

午夜。重型卡车
急遽提速
他梦见自己躺在天空
黑色的担架上
窗外就是异乡
雷声
一阵荒凉

      2001.6.4

电梯上

两块铁板收拢的夏天

缓缓合拢的

她的蓝色雨衣

空气的皮肤中有水声

可以想象外面的雨一定很大

案情一定很复杂

现实的注意力

被身边的镜子捕捉

她手中的报纸湿漉漉的

他同时注意到自己的表情

并不像传说中

伪装成警察的杀手

镜子与尴尬的嘴唇之间

女人抽身而出
由此产生的落差
倒挂的水流
如同沉船
在事物的内部上升

                    2001.5.29

白铁皮上的舞蹈

最初的记忆
来自水上。

一切顺流而下的过程都是水的过程
一切水的翅膀掠过太阳
意味着逃的哲学
就像突然降临的黑暗
来自光明
一块白铁皮
被思想悬弃在空中

我们的墓地就在我们守望的面孔里
弯曲的地平线

台风抬着它的黑棺材

雨点般的

麻雀落下来

我们哀悼什么

必须电闪雷鸣

将树木和死者连根拔起

整整一个夏天

我在屋顶上看他们排练

洪水过后的水稻田

漂浮的红月亮

在急流与岩石之间哗哗作响

我是白铁皮的病人

白铁皮上的舞蹈

白铁皮的反光

我是他手中惟一的钥匙

我被他居住

我被他表达

露珠的瞳孔里

夺眶而出的祖国

大雨已成灾

树木和死者浩浩荡荡

需要过河的想法再次来临

落满枝头。我想站在那蹲石头上

让瀑布垂落我

三千尺灵魂大火

在言词的栖身之外

头发飞速脱落

并不指示狂风绝望的方向

我没有方向

但我知道台风中心

他们的节奏

他们漫无边际的伸手

飞过紫金山天文台

我所赞美的事物

深刻的激情与命运

呈现于幽暗世界的表面

白色的厨房漂过来

白色的鱼群,张着嘴

是谁把我的舌头

带到你们中间

让疼痛迷失伤口

也无法呕吐出别人的牙齿

告诉我白色的泡沫

倒挂水流的十指

许多木质灵魂中的某一个

通过一只沉船告诉我

正在发生的一切

势不可当地流逝

我们哀悼什么

被埋葬的孩子

诞生在葬仪中的孩子

至今还站在对岸

静静地成为岁月的铆钉

我的心,黑夜的鼓皮

被欲望绷紧

最后的独舞者

隐秘的河流在天际间旋转

我只能用我的桨

敲打天空已经松弛下来的石头

饥饿的石头

在一声尖厉的啸叫里

离开照耀。

1990.8.30 作

2018.5.7 改

你只是坐着睡了个好觉（代后记）

这本自选集的内容贯穿 20 世纪 80 年代末写作至今。

时间的概念让我惶恐，因为这是我的作品第一次从不同年代、不同方向汇集到一起。历史的声音和时代的痕迹，含混与疏离，面目各异，走走停停。诗集编选的过程，如同召唤失散的五官回到原位，需要强大的内心驱动。

想起有一年换新手机，在记事本上摸到语音按钮，问自己要不要出一本诗集，出来一行看不懂的英文：You'll be out sleeping good just sitting.

我很好奇，试着在线翻译，结果显示："你只是坐着睡了个好觉。"

这让我无比震惊。它说出的正是我此时的状态：貌似清醒的拖延症患者，以一种神秘方式坐在世上。他可以是任何一个人，不需要说话和触摸，时间的不确定性。

服药与书写，在两种语言的转换中发现诗歌存在的秘密。包含诗歌写作的时代感与个人性，数十年间的蜕变。

从这个意义上说，《雨在他们的讲述中》也是一本回望之书。

回望千沟万壑，时间中有明显的裂痕，断裂处透出的光亮，暗示或象征什么？让我意识到诗对生命的重要性，构成了这部诗集的背景。

感谢逝去的时光，让一部分焦虑隐身于诗歌，起到舒缓精神的作用。

格风

2021.10.31 大邦云顶